うしろむき夕食店

冬森灯

ポプラ社

うしろむき夕食店

お品書き

装丁 bookwall
装画 イナコ

一の皿

願いととのうエビフライ

都心から私鉄で約二十分。急行は停まらないので要注意。

並木台駅《なみきだい》北口から、丘に向かって延びるいちょう並木に沿って、徒歩十分弱。

突き当たりのT字路の、ひとつ手前を左。目印は珍しい自動販売機。

「珍しい自販機？」

思わず、隣を歩く菫《すみれ》の手元をのぞき込む。

握っているのはスマホではなく、葉書《はがき》大の紙だ。しかも達筆すぎる字はうねうねとのたうつ線にしか見えない。たよりない街灯が照らす夜道なのに、こともなげに道順を読みあげる菫に感心した。真昼の太陽の下でも、私にはとても読めそうにない。

とはいえ、読めない文字は秘密の暗号のようで、目的のお店に期待がふくらむ。

ひどくのどが渇いていた。日が暮れ、夜風が吹いても、まだ暑さと湿気が体にまとわりつくせいだ。菫は紺色のワンピースの袖をまくりあげ、道順のメモを団扇《うちわ》がわりにした。風は菫の肩にかかる髪をゆらし、私のあご先を毛先でくすぐった。

「彩羽《あやは》、きっとあれだよ」

日に焼けた腕がすっと伸びて指さした先。

細い路地への曲がり角、トタン屋根の商店の店先に、白くぶこつな長方形が佇んでいる。見た目はロッカーみたいだ。透明窓の個室が縦に六つ、二列に並ぶ。側面には、油性ペンで大きく、産直自動販売機、と書いてあった。

街灯のかぼそいあかりはここには届かず、ロッカーの中は暗くてよく見えない。顔を近づけると、ビニール袋に入った楕円形の茶色っぽいものが見えた。里芋かなにかだろうか。

「野菜の自販機って、はじめて見た」

「これ、彩羽の番組で使えるんじゃない？」

「そうだね。もしその珍しいお店が取材できるなら、いい布石。イメージしやすそう」

目指すのは、うしろむき夕食店、という変わった名前のお店だ。

菫が茶道教室の知人から教わったその店は、ウェブにもメディアにも載っていない穴場らしい。ノスタルジックな雰囲気がすてきなくつろげるお店、と菫に誘われた。

それにちょっと変わった、料理のオーダーシステムがあるという。

街角特報《マチトク》コーナーにはおあつらえ向きの話題だ。

細い路地に入ると、あたりはいちだんと暗さを増した。

店舗と住宅の入り交じった路地を、メモをたよりに右、左、右、と進む。なのに、それらしきお店は見当たらなくて、私たちはすっかり道に迷ってしまった。

「地図見てみるよ。位置情報がヒントにならないかな」

「でも菫、目的地を設定しないと、道順はわからないよ。いっそタクシーの配車アプリは？地元の運転手さんなら込み入った道にも詳しそうじゃない？」

「さすが優等生」

配車アプリを立ちあげてすぐに、菫は肩を落とした。近くを通る空車タクシーは一台もない。駅前に建設中の大型商業施設の工事のため、道を迂回しているらしい。道行くひとに聞こうにも、自転車や原付はたちまち通りすぎてしまう。

どうやら、自力で見つけるしかなさそうだ。

途方に暮れてあたりを見回してみると、横をすり抜けた原付のライトが、路地を歩く小さななにかを照らした。

猫？　犬？

小型犬くらいの大きさで、一瞬照らし出された体は金色に光って見えた。

猫にしてはしっぽが短い。柴犬だろうか。

街灯をたよりに目を凝らすと、その生き物はふさふさしたしっぽをゆらし、少し先の路地を右へ曲がった。スキップするような軽やかな足取りがあまりに楽しげで、どこへ行くのか気になった。

「ちょっとあっち行ってみない？」

私は菫の袖を引き、生き物のあとを追った。


路地を右に曲がると、正面の突き当たりに、光る絵画がぽうっと浮きあがっていた。

「ステンドグラスの扉！　あそこかもしれない！」

菫が声をあげた。メモに書かれたとおりらしい。ステンドグラスの嵌《は》め込まれた観音開きの扉。二階建てのレトロな洋館。ドアの両側にふたつずつ背の高い格子窓。その奥には――

「満月みたいな照明が見えて、おいしそうな香りがするはず、って」

菫の声がうっとり響くのは、漂ってくる、このいいにおいのせいもあるだろう。お肉の焼ける香りだろうか。頭の中が食欲一色に染まっていく。

「お店のひとは着物だって言ってた。あそこに間違いないよ」

窓の向こうには、二人の着物姿の女性がカウンターや客席の間をなめらかに動いている。菫は目的地が見つかって安心したのか、歩みをゆるめ、ハンカチで首の汗をぬぐった。

あの犬のような生き物の姿は、もう路地のどこにもなかった。

一枚の絵のように続く左右のステンドグラスは、晴れた日の野原を思わせた。淡く明るい色彩で描かれた四季折々の草花は可憐で、その陰に小さなバッタや蝶、小鳥がひそむ。絵柄は下の方にまとまり、画面の大部分は、ひろびろとした空だ。乳白がかった水色の濃淡は、霞む空そのものを写し取ったよう。

真鍮《しんちゅう》の取っ手には、赤い糸で鈴が結びつけてあった。

手を伸ばそうとしたとき、内側から勢いよく扉が開いた。

りん、と澄んだ音が夜道に響く。

「お帰りなさい！　お二人さまですか？」

はじけるような笑顔が、私たちを迎えてくれた。ふわんと鼻をくすぐるおだしの香りに、私はなんだか、なつかしい場所に戻ってきたように感じた。

「乾杯！」

グラスがぶつかる音は、しあわせの音だ。

グラスを交わす相手がいることが、うれしい。

冷たいグラスに注がれたビールは輝いて見えた。ほどよい冷たさがのどを滑りおりると、体に溜まった日々の澱《おり》が洗い流されていく。きめ細やかでやさしい泡の口当たり。はじけながらのどを潤す炭酸のさわやかさ。甘さとほろ苦さの余韻も、私を内側から浄化してくれるよう。満足のひと息があふれ出ると、ミントソーダを手に菫が笑った。グラスに浮かぶミントは涼しげで、葉についた気泡が、白熱灯のあたたかな光をきらきらと反射する。

「聞いたとおりだね、つい長居しちゃうのもわかる」

菫がゆっくりと店を見渡した。私たちの座る窓際の端の席を含め、六つある客席テーブルの座席はどれもゆったりとしたソファだ。乳白のまるい照明が、漆喰の壁や店の調度品をやわらかく照らすせいか、ぬくもりのある風情が心地よくて、体からよけいな力が抜けていく。ソファの肘かけやテーブル、カウンターに並ぶ曲木の椅子など、木の家具はどれも、うなぎのタレを思わせるこっくりとした赤茶色に磨き込まれて、つややかに光る。長い時間と手をかけて、慈しまれてきたと一目でわかった。

少し前の、古きよき時代を思い出すようなお店だからと、うしろむき夕食店といつの間にか呼ばれていたそうだ。

私たちを迎えてくれた年若い方の店員は、ホールの担当らしい。ゆるく束ねた黒髪をゆらし、大きな目をあちこちに向けて、きびきびと動く。私より少し年上、二十代半ばから後半くらいだろうか。白いエプロンの下にのぞく着物はポップで、黒地に赤青黄三色の線と点が描かれている。はつらつとした雰囲気の彼女によく似合っていた。

カウンターに佇む年配の女性が店の主らしい。きりりとまとめた白髪に、割烹着《かっぽうぎ》と灰白地の渋い着物がなじみ、紺色の暖簾《のれん》を背にすると絵画のように映えた。頻繁《ひんぱん》に行き来しているところを見ると、暖簾の奥は厨房なのだろう。

「すてきね、女将さんのお着物。塩瀬《しおせ》絣《かすり》、ううん、白大島《しろおおしま》かな。半襟《はんえり》の鶸《ひわ》色もきれい」

「あの枝豆みたいな色のこと？　鶸色っていうんだ」

「あっちの子は、たぶん銘仙《めいせん》。あの抽象柄に紫の菊の半襟ってなかなか合わせられない。かなりのお着物通だと思うよ」

茶道教室に通う菫は着物に興味津々のようだ。私のマチトクでのレポートをきっかけに通いはじめて、三か月ほどになる。茶道の先生の凜とした空気もすてきだったけれど、ここの女将さんも格好よさでは負けていない。立ち居振る舞いに一切の無駄がなく、うつくしい。

家族連れや仕事帰りのひとなどが次々と訪れ、あっという間に店は満席になった。

出されたおしぼりはあたたかくてほんのり柚子《ゆず》の香りがし、メニューは和紙にたおやかな文字で手書きされていた。ビールやワイン、日本酒にウイスキー。お酒もノンアルコールの飲み物も種類豊富で、なつかしい料理もちょっとしゃれたものも同じようにメニューに並ぶ。

お通しは洋風きんぴらごぼう。アンチョビ醬油で仕上げたというきんぴらは、粒マスタードのぴりっとした辛みがきいて、ビールによく合う。この一品で料理への期待はぐんと高まった。

でも。狙いは、菫から聞いた、この店特有のちょっと変わった料理のオーダーシステム。

私はさっと手を挙げ、にこやかにやってきた店員にたずねた。

「お料理のおみくじがあるって聞いたんですが」

そこには料理名とともに、ひとことが添えてあるという。それが結構当たると、評判を呼んでいるらしいのだ。

店員はうやうやしく運んできた白木の三方を、テーブルにそっと置いた。ふちの赤い懐紙の上に、山のように小さな紙片が積みあげられている。

すかさず、私は名刺を差し出した。

「ラジオ局シュトラジの高梨彩羽《たかなし》と申します。こちらのお料理おみくじ、ぜひ番組でご紹介させていただけないかと思いまして」

若い店員は、大きな目をさらに見開き、名刺と私を交互に見た。

彼女が勢いよく下げた頭はテーブルを直撃し、大きな音とともにおみくじがいくつかこぼれ落ちた。

「ご丁寧にご挨拶いただきまして。わたし、福浦希乃香《ふくうらののか》と申します。夕食店シマの主はあちらの祖母、支倉志満《はせくらしま》ですので、ちょっと聞いてまいります」

このお店の本当の名前は、夕食店シマ、というらしい。

おでこを真っ赤にした希乃香さんに続き、カウンターに赴いて志満さんに挨拶をした。志満さんは丁寧に手をぬぐい、希乃香さんから名刺を受け取った。

「平日午前の情報番組『スリーチアーズ』で、沼尾健《ぬまおけん》のアシスタントとして、街角特報、マチトクというコーナーを担当しています」

「お声がけは光栄なんですけれども。うちはこういうのはすべてお断りしていまして」

志満さんは、濡れ手ぬぐいをおでこに当てる希乃香さんをちらりと見、両手で持った名刺をくるりと反対向きにすると、私に差し戻した。

「ご覧のとおりの小さい店です、手一杯でして。お客さまがたくさんいらしてくださっても、おもてなししきれませんので。ありがたいんですけれども、ごめんなさい」

きっぱりと言い、丁重に頭を下げる。希乃香さんも同じように深々と頭を下げた。

「お客さまとしてなら、いつでも大歓迎ですので」

顔をあげてふんわりと微笑むしぐさが、志満さんと希乃香さんはよく似ていた。


中学生の頃から憧れていた放送関連の仕事に就けたのは、幸運だったとしか言いようがない。夢が叶うんだ、なんてしみじみ実感したのは入局直後くらい。すぐに、上には上がいて、私はまだスタートラインに立っただけだと痛感した。

先輩たちの言葉の瞬発力や場の空気のつくり方には、どうやっても追いつけないと思った。自分の力は磨いても光る実感はなく、もがき続けているうちに一年がすぎ、二年目もたちまち半分をすぎた。技術も能力も未熟な二年目では、単発番組やアシスタントはやらせてもらえても、メインを務めるレギュラー番組なんてまだ先のことと思っていた、のに。

ライバル局のFMスパークルでは、同じ二年目のパーソナリティ・飯倉麻里奈《いいくらまりな》が、今期の改編からメインパーソナリティになった。同じ二年目、同じ週二回の情報番組レギュラーでも、片やメイン、片や一コーナーのみのアシスタント。差は大きい。私はもっと努力を重ねなければいけないのだ、理想的なパーソナリティを目指して。

せめて、私が担当するマチトクでは、まだ報じられていない情報を伝えたい。

おみくじで料理をオーダーするお店なんて、うってつけの話題に違いないのに。

残念だけど、無理強いするわけにもいかない。

心配そうに見つめる菫の手前、平然としたふりをして、席についた。

「残念、他を探すよ。今日は純粋にお客さんとして、楽しもうか」

大丈夫。ちゃんと笑えてるはず。

テーブルに置かれたおみくじの山から、菫と私はそれぞれ、ひとつを選び出した。吉と出るか凶と出るか。その先が自分の未来に重なるように思えて、指先に力が入る。

でも、そこに書いてあるのは吉でも凶でもなく、思いもよらない言葉だった。

「『学業あせらず炊き込みごはん』？」

はずれもいいところだ。もう学生でもないのに学業だなんて。当たると聞いたおみくじの肩透かしに、取材辞退の残念さは少し薄れた。

「私のは『旅立ち南へお魚ムニエル』だって。やった、今度三崎《みさき》にマグロ食べにいくんだよ。南に行くといいことあるのかも」

菫は一人で何度も頷く。

「当たってるね、私のも、彩羽のも」

「えっ、どこが？　私、ぜんぜん学業なんて関係ないのに」

「学びって言い換えたら十分当てはまるし、あせってるでしょ、FMスパークルのひとと比べて。彩羽は昔からあせるとびっくりするようなことするよね。普段は真面目な優等生なのに。顧問挑発事件のときだってそうだったでしょ」

「あれは、挑発したわけじゃなくて、入部できないのかと思ったから」

私と菫は、高校の放送部で出逢った。

放送に憧れはじめた中学校時代、校内放送は委員会の仕事だった。私は委員争奪じゃんけんに三年間負け続けて、進路選択では放送部のある高校に絞って探した。

一週間の部活見学期間中も、他には目もくれず放送部だけに通い詰めて、先輩たちに教わりながら機材をいじらせてもらったり、早口言葉の練習にいそしんだりした。

坊主が屏風に上手に坊主の絵を描いた。

少女シャンソン歌手新春シャンソンショー。

農商務省特許局、日本銀行国庫局、専売特許許可局、東京特許許可局。

訪れるたびに難易度があがっていく早口言葉に苦戦し、舌を噛んで腫らしながらも、楽しくて仕方がなかった。

早口言葉を全部きちんと言えたら入部できる、という先輩の軽口を真に受けて、あせって必死に練習した。入部届提出の前日は徹夜で特訓し、朝一番に職員室に乗り込んで、呆気にとられる顧問を前に、滑舌よく早口言葉を披露した。

でも実際は、早口言葉なんて言えなくても、届を出せば、入部できたらしかった。職員室でも部室でも、顧問を早口言葉で挑発した新入生として、生意気な印象を持たれてしまったのだ。

あせると本当に、ろくなことがない。まわりが見えなくなってしまうから。

以来、なるべく波風を立てないように、ひたすら真面目に、優等生であろうと努めてきた。

「あせらないで、彩羽は彩羽のペースでいいんだよ。今日取材できないってことは、他にもっといい話題と出会う、ってことかもしれないじゃない」

菫のこのおおらかさに、高校のときから何度も助けられてきた。

ありがとう、と言おうとしたとき、菫の口の端が、ひくひくと不規則に跳ねあがった。

「菫？」

「思い出しちゃった、彩羽のあの下手な歌」

まずい。

私は菫が話し出すのを遮り、希乃香さんを呼び止めて、おみくじの料理を注文した。

今日の炊き込みごはんはアボカドとベーコン、ムニエルは太刀魚《たちうお》だと希乃香さんは楽しげに教えてくれる。

「ごはんはご注文いただいてから炊きあげるので、少しお時間いただきますね。今日の太刀魚、大きくてとっても新鮮ですよ！　お魚って大きく育ちすぎない方がおいしいものも多いんですけど、太刀魚は珍しく大きければ大きいほど味がよくなるんです」

その話を聞きつけて、常連らしいカウンター席の中年男性が太刀魚を注文していた。アロハシャツ姿のそのひとは、あごまで続くもみあげがひときわ印象的だった。

希乃香さんはお料理に合う飲み物もいくつか挙げてくれ、おすすめに従って、菫はハーブのブレンドされたお茶、私は山椒《さんしょう》の香りがするクラフトビールを頼んだ。

慧眼というべきか、ローズマリー風味のフライドポテトと、ルッコラとくるみとカッテージチーズのサラダに、山椒の香るクラフトビールは素晴らしく合い、ムニエルと炊き込みごはんが来る頃には、おかわりを注文していた。

菫はすっかり料理と飲み物に気をとられ、さっきの話題をうまく忘れてくれたようだ。


「お待たせしました、太刀魚のムニエルと、アボカドとベーコンの炊き込みごはんです。太刀魚はレモンとディルのバターソースでどうぞ。炊き込みごはんは、お取り分けしますね」

太刀魚はあらかじめふたつに切り分けてあり、その気遣いがうれしかった。薄い衣をまとった銀色の肌に、黄色と緑のソースが映える。希乃香さんが土鍋の蓋を取ると、おだしと肉のうまみが調和したいい香りが広がった。色つやを増したアボカドもベーコンも、はやく食べてくれと言わんばかりに、輝いて見える。

口に運ぶと、緑の鮮やかなアボカドは、ただただ濃厚なおいしいクリームと化していた。うまみの凝縮したベーコンと、おだしと肉汁をたっぷり吸い込んだお米が、ぴかぴか光っている。

菫も私もほぼ無言であっという間に一膳目を食べ終え、おかわりをよそった。

希乃香さんに見立ててもらったクラフトビールのゆたかな苦みは、アボカドとベーコンのうまみを引き出してくれ、おのずと目尻が下がる。

ビールを好きと感じるのも苦手と感じるのも、この苦みの影響は大きいのかもしれない。

ビールの材料はシンプルだ。水と麦芽、酵母《こうぼ》、そしてホップ。

ビールらしさを感じさせてくれる苦みや香りは、ホップから生まれるという。ひとくちにホップといっても、その香りも味わいも個性的で、薔薇《ばら》のような花の香り、ライチのようなフルーツの香り、品種によって違うのだそうだ。

その個性的な香りはそれぞれに、違う楽しさを見せてくれる。シンプルな材料でつくられるものだからこそ、ひとつひとつの材料の個性は際立ってくるに違いない。

それは、このお店の料理とも、通じる気がした。

希乃香さんが、ガラスの小皿をふたつ運んできてくれた。みずみずしい、いちじくだった。

「あちらのお客さまのお土産です。もしよろしかったらどうぞ」

あのもみあげの男性が軽く手をあげて微笑んだ。見ればどの席でもいちじくを手にしている。

後味のさっぱりした甘みはお酒のあとに心地よく、お礼を言うと、彼は照れくさそうに扉を指さした。

「気に入ったら、大通りに曲がるところの自動販売機に行くといいよ、おかわりあるから」

あの野菜の自販機のことだ。入っていたのは、いちじくだったらしい。

会計を済ませて店の外へ出ると、夜風が頬をなでた。それが心地よいのはたぶん、ほどよいお酒とお料理のおかげ。

背中に、希乃香さんの声が響いた。

「いってらっしゃい。明日もいいお日和になりますように」

*

エレベーターの扉が閉じると、ふっと、音が消えた。

五階にある編成局制作部アナウンスチームから、八階スタジオフロアを目指す、わずかな間。

局内のいたるところで響くオンエア中の番組が聞こえないだけで、そこはただの高梨彩羽から、パーソナリティ・高梨彩羽にギアを切り替える、特別な空間になる。

切り替えの儀式は、扉が閉じた瞬間に、思いっきり、口角を引っ張りあげること。もうこれ以上無理、というくらいまで口角をあげて十秒キープ。

そして呪文。かまない・ダレない・とちらない。

扉が開いたら、パーソナリティ・高梨彩羽として、勇んで一歩を踏み出す。

収録スタジオの重い扉を開けると、ミキサー卓の前にはすでに、栗《くり》さんが座っていた。機材の並ぶ調整室の向こうは、区切られた小さなアナウンスブース。私にとっての聖域だ。

「おはようございます！　栗さん、今日もよろしくお願いします！」

栗さん、と慕われている栗谷《くりや》さんはベテランの放送技術者で、シュトラジの良心と言われている。甘い、と評されることもあるけど、甘いもの好きだから否定できないなあとはぐらかして、笑ってるような懐の深いひと。そういう栗さんに、これまでたくさんのアナウンサーやパーソナリティが、育ててもらってきた。

栗さんは、ミキサー卓に一リットル紙パックのメロンジュースを置いて、私が両手で抱えるCDの山を指さした。

「ちょっと待って彩羽ちゃん。今日の収録予定、ぼくが聞いてるよりべらぼうに増えてる？」

「いいえ。いつもの沼尾さんの番組の、マチトクだけですよ？」

「五分のコーナーに、そんなに音源使うの？　ぼく預かるのいつも二枚くらいだったよね、それどう見ても十枚以上はあるよね」

音響機材の上にCDを積みあげ、栗さんに、持参したお弁当箱を手渡した。

「これ、おすそわけです。とってもおいしかったので。三時ですからおやつにどうぞ」

すぐに蓋を取った栗さんが、お、と声をあげる。

「いちじく？」

「はい。甘ーいですよ」

栗さんは、これって買収だよねと一瞬身構えたものの、いちじくの魅力には抗えなかったらしい。またたく間にふたつとも平らげた。

「で、この山盛り音源の理由はなに？」

「気合いです」

三枚の進行表を取り出すと、栗さんは、ぐえ、とうめいた。一日の放送分を三パターンも準備するなどこれまでに例がないという。よくやるねと半ば呆れながらも、ひとつずつ確認しメモを書き加えてくれる。こういうところが、栗さんはやさしい。

生放送は流動的だ。沼尾さんと放送作家の直前打ち合わせで番組の流れが変わることもあるし、その日の天候によってかける音楽を変えることもある。それに合わせてマチトクも、晴れ、曇り、雨と、それぞれ原稿と曲を準備した。

アナウンスブースに入り、ヘッドホンを付けると、再び音は消えた。

この瞬間が好きだ。

無音の向こう側には、無数の言葉や音やきらめきがひそんでいる。一瞬ごとにそれを捕まえて、リスナーに届けたい。背筋と神経をぴんと張り、口角をぐっとあげる。

ヘッドホンから栗さんの声が聞こえる。

《はい五秒前。四、三、》

声と指先でとられるカウントは、二、一と指先のみになり、どうぞ、というような手のひらのしぐさで合図《キユー》が出される。誰もが耳にしたことのあるなつかしいオールディーズのメロディにのせ、私はやる気に満ち満ちて、話しはじめた。

昨日のお昼前、本城《ほんじよう》ディレクターに声をかけられたとき、てっきりまた叱られるのだろうとげんなりした。

ひとは空腹になると気がそぞろになったり、気が立ったりするものだ。本城ディレクターのぴりぴりぶりから察すると、かなりお腹が空いていそうだった。チョコの一粒でも差し入れようかと思ったけれど、よけい叱られそうな気もして、やめた。

陰でカミナリ雲と呼ばれているのは、ご本人も承知らしい。あごひげに包まれた不機嫌顔と、時折落とされるカミナリを恐れて、本城ディレクターが制作部のデスクにいると誰もがどこか落ち着かなくなる。隙があるのはカジュアルすぎる服装と四方八方に暴れる癖毛くらいだという。とくに、放電現象と呼ばれる音――本城ディレクターが指先でノートPCの端をとんとん叩く音――はカミナリが近い合図で、それに気づくとみんな取材や打ち合わせを口実にして、箒で掃いたようにいなくなる。

取材の下調べに熱中していたせいで、どうやら放電現象を聞き逃したらしかった。

「彩羽、お前、暇だよな」

「いいえ。明日沼尾さんのマチトクの収録なので、今日は原稿づくりと来週分の下調べがあります。それから営業部とCM録りの打ち合わせ、週末の玉緒《たまお》さんの生放送用の選曲も」

「暇、だよな」

言い訳は聞きません、ということなのだろう。本城ディレクターはあごの無精ひげを指先でなでつけながら、私を見る。

「……はい。暇かもしれないです」

なるべく神妙な面持ちを装って、カミナリ雲のようすを窺う。たずねているわけではなく、ごり押しがしたいらしい。腹をくくったものの、厄介ごとを押しつけられるのはたまらない。穏便に逃げる方法はないかと思いめぐらした。

「もっと会社に貢献したいと思っているよな」

「あの、マイルドな言い方ですけど、それってパワハラになりませんか。スレスレかギリギリアウトかわかりませんけど、お立場的に問題が出てしまうとまずくないですか」

できるだけ声をひそめて告げると、本城ディレクターは珍しく、フロア中に響き渡るような大声で笑いだした。

「抜擢《ばってき》の話をパワハラって言うの、お前くらいだろうな。彩羽、自分の番組持ちたくないか」

「えっ。それはもう！　やります！　やりたいです！　やらせてください！」

本城ディレクターはなんと、新番組企画を立てる、と約束してくれたのだ。


企画を実現させるのが、本城ディレクターの仕事。

カミナリを落とそうが常に不機嫌だろうが、制作に携わる誰もが本城ディレクターに一目置いているのは、番組づくりへの真摯な姿と、企画の確度の高さからだ。彼の企画が通らなかったことは一度もない。

やっとチャンスがめぐってきた。私にできるのは、思いつく限りの努力を重ねること。入念な収録準備はもちろん、滑舌や発声トレーニング、辞書を読み込み語彙力を増やすこと。一人前のパーソナリティになれる機会は、絶対にモノにしたい。

そう思うと、目の前の仕事もがぜん、やる気が違ってくる。

三パターンのマチトクは、それぞれトピックスも変えてみた。

うしろむき夕食店には取材を断られたものの、せっかくなので並木台近隣の情報を集めた。近く大型商業施設もオープンする注目の場所ながら、時期的に他局はまだ取りあげてない。ひとつ目は、産直野菜の自動販売機。管理者に連絡してみると、あのいちじくをごちそうしてくれた夕食店の常連さんだった。おかげで快く応じてくれ、八百屋を営むという彼に話を聞くことができた。他のふたつは、駅を挟んで反対の南口方面に広がる、並木台自然保護園の話題。池の遊歩道の散策や、ミニ動物園、季節ごとに開催される骨董市の紹介も挟みながら、細かくBGMも変えた。

もちろん、かんだり、とちったりしたら、そのたびに収録をやり直してもらった。

本番で使われるのはたったひとつのみ。栗さんがどんなに無駄だ徒労だと助言してくれても、私ができる努力はこのくらい。できる限りのことをしっかりやり抜きたいと拝み倒すと、栗さんはしぶしぶつきあってくれた。

左手にストップウォッチを握りしめ、口角をあげて、私はマイクに語り続けた。

「お疲れさまでした！」

アナウンスブースから出ると、栗さんが床にしゃがみこんで、足元の音響機材をあちこちチェックしていた。複数のCDプレイヤーのトレイを入れては出して、その都度ヘッドホンでチェックしている。

「ごめん彩羽ちゃん、エンディング曲のフェイドアウト、ちょっと早めだったよね」

「大丈夫です、無理なく聞こえてましたよ。……機材、調子悪いんですか?」

「完全に音が消える直前に止まった気がしてね。ついにガタがきはじめたのかもな。こいつもがんばってるんだけど」

「愛着湧きますよね、機材とはいえ。いろんなことを乗り越えてきた、大事な仲間ですもんね」

しゃがみこんで機材に触れると、栗さんはそうなんだよなあ、としみじみ頷いた。

シュトラジは、もとは首都放送といって、ラジオ放送黎明期の開局から放送をお届けしてきた。そのせいか、昔から聴き続けてくださっている方が多く、一緒に育ったと言ってくださる方もいる。一方で若い世代は、おしゃれ文化発信に力を入れるFMスパークルや、マルチリンガル放送とスポーツ中継に力点を置くノックウェイヴなどの後発局に親しみを持つひとが多い。それに負けじと、幅広い世代にいっそう親しまれるよう、開局五十周年を機に社名をカタカナに変えて、番組づくりに取り組んでいる。

これまで二か月ごとに実施されてきた聴取率調査も、首都圏を中心に、毎分ごとの聴取率が翌営業日すぐにわかるようになった。

数字がすべてではない、と思う気持ちは根強くあるものの、その数字に従って経済や社会が動いていくことは変わりようがない。

世の中はどんどん変わり、新しくなっていく。

その波に乗りながら、さらにその先へ、手を伸ばさなければと強く感じる。

今、私に、なにができるのか。

きっといつの世も、そう考え続けたたくさんの先輩たちが、知恵を絞りながらそのときどきを乗り越えてきた。

彼らとともに、歴代のこの音響機材たちも、時代と戦ってきたのだ。


マチトクを三パターンつくったと話すと、番組メインパーソナリティの沼尾さんは驚いたものの、面白がってくれた。今日も素材を届けに生放送用のオンエアスタジオを訪れると、アナウンスブースの中から、大きな体をゆすって手を振ってくれた。

沼尾さんは気さくなトークが人気で、とくに年配の女性たちに息子や孫のようにかわいがられている。リスナーとの交流はメールやSNSが主流になったものの、沼尾さんの『スリーチアーズ』には、葉書やファックスでのリクエストや感想が数多く届く。番組でもなつかしい曲を流すことが多くて、今も、昔の歌謡曲「星影のワルツ」が流れていた。

曲が流れる間も、パーソナリティは決して暇ではない。細かい進行や、リスナーからの反応を確認して、次のトークに備える。それが一段落ついたのか、沼尾さんは片手をあげ、スタジオ内だけでやりとりできる小マイクのスイッチを入れた。
《彩羽ちゃん聞いたよ！　新番組受け持つって？》
「ありがとうございます！　そうなんです、うれしくって」
《まじで？　うれしいの？　すげえ肝っ玉だな。俺だったらちぢみあがっちまうよ》
「そういうものですか……？」
新番組へのプレッシャーという意味だろうか。たずねようか迷っているうちに曲は終わり、沼尾さんはまた手をあげて放送に戻ってしまった。

制作部に戻る間にすれ違った他の先輩たちも、お祝いだけじゃなく、いたわりの言葉を添えてくれ、新しい番組ができる際はこんなにも心配されるものなのかと不安になった。

席につくと、とととととと、と小さな音が耳に入った。反射的にそちらを見てしまい、放電現象だと気づいたときにはもう、すこぶる不機嫌そうなカミナリ雲と、ばっちり目が合っていた。

手招きに応じる間、珍しくスーツ姿の本城ディレクターは、苦しいと言いながらネクタイを大きくゆるめ、シャツのボタンをふたつはずした。

「彩羽、お前、弁当の中の好物は、先に食う方？　残す方？」

「先ですね」

本城ディレクターはあごの無精ひげをなでながら、なら先にいい話な、と告げた。

「黒松圭《くろまつけい》って知ってるか」

「ものすごく好きです！」

今や若手を代表する人気俳優の彼は戦隊ヒーローのドラマでデビューし、子どもだけでなく母親もテレビの前に張りつかせた。飾らない人柄が受け、朝ドラ出演で演技力が評価され、幼児からおばあちゃままでお茶の間のみんなに愛されている。

「お前の番組な、最初のゲストが、黒松圭に決まった」

夢のようだと舞いあがる私に、本城ディレクターはため息をあびせた。

「あれ、いい方が先ということは、悪い話もあるってことですか？」

無言で、封筒が突き出される。

おそるおそる中を見ると、本城ディレクターの企画書の他に、一枚の紙が入っていた。

「新スポンサード番組、企画コンペのお知らせ……？」

発行元は首都圏を中心に大型商業施設を手がけるディベロッパー・平山《ひらやま》不動産開発。あらたにスポンサードするラジオ番組の募集概要と、並木台にオープンする商業施設の概要、オリエンテーション日時が記されていた。

「あのう……もしかして、コンペにかけるのは」

「お前の番組。勝ち取れ」

本城ディレクターが、私をびしっと指さした。

先輩たちの同情と励ましは、つまりこれが理由だったらしい。


オリエンテーションで番組に提示された条件は三つ。

平山不動産開発が近日オープンさせる新商業施設の案内を含むこと。

新商業施設のイメージキャラクター・黒松圭の新作映画宣伝を含むこと。

黒松圭と共演俳優をゲストに迎え、映画主題歌を必ずかけること。


コンペに参加する放送局は、三十分のトーク番組を想定し、実際に黒松圭と共演俳優を招いてパイロット番組をつくる。タレント費用は平山不動産開発が受け持つという。コンペには担当者だけではなく広く社員の参加を募り、とくに新規にオープンする商業施設では、従業員全員が投票権を持つ。ウェブで公開された番組に、それぞれ一票を投じるのだそうだ。

それはつまり、長く放送に携わっていることも、営業努力も、根回しも、まったく通用しないということだ。それどころか、下手をすれば、若い層に知名度や親近感を持たれている他局の方が有利な戦いになるかもしれない。案の定、コンペには、シュトラジの他にＦＭスパークルとノックウェイヴも参加を表明した。ＦＭスパークルのパーソナリティ候補には、飯倉麻里奈の名が記されていた。

あの飯倉麻里奈と、勝負することになる。

これは不安だろうか、恐れだろうか、あるいは、対抗心か。

大きな炎を孕んだ氷の塊が、体の内側で、せめぎあうように感じる。

飯倉麻里奈の担当するレギュラー番組は、局アナが順繰りに担当するお昼の情報番組だった。高めでつやのある声質も、トークで飛び出す話題も、ＦＭスパークルらしく、トレンドを的確につかまえている。番組公式ＳＮＳの他、個人アカウントでも積極的に発信していて、スタジオで自撮りした写真はファッション誌から抜け出してきたようだった。おしゃれさはもちろん、流行の話題は他局の追随を許さないだろう。飯倉麻里奈はここに勝負をかけてくると思われた。

ノックウェイヴの方は、フリーで活躍しているトリリンガル男性ＤＪ・ロイをメインに据えた。複数の放送局で番組を受け持つ人気ＤＪだ。世界の音楽事情に詳しく、雑誌で音楽コラムの連載も持つ彼はおそらく、その強みをいかした番組を構成するだろう。

「だから、逆に、王道中の王道の企画は、出してこないんじゃないかと思うんです」

私は、本城ディレクターと栗さんの顔を交互に見ながら、番組企画案を並べた。スタジオフロアの片隅に設けられた打ち合わせテーブルは広く、紙が小さく見えた。

栗さんは持参したクッキー缶からパイ菓子をつまみ、本城ディレクターは腕組みしたまま、眉間に深い皺を刻んでいる。

「……違うんだよなあ」

本城ディレクターはあごひげを指先でなぞり、低くうなった。

「彩羽さ、これで勝てると思うの？」

「勝つために、立てた企画ですよ。きっちりしっかり、伝えるべき情報を伝える番組です」

ゲスト紹介から、新商業施設とイメージキャラクターへ話題をつなげる。施設内のシネコン話題から、新作映画の公開日とあらすじ、ゲストのエピソード披露。最後に映画主題歌でエンディング。

必要情報を十分に盛り込んだ手抜かりのない企画のはずだ。

「これ、自分で面白がってしゃべれんの？」

本城ディレクターは企画案を伏せると、その上に頬杖をつく。

「ラジオってさ、ナマモノっぽいところが、面白いと思うんだよな」

栗さんがチョコチップクッキーをほおばりながら同意する。

「ああ、それあるね。本城ちゃんはつまり、一方通行じゃない感じを目指したいんでしょ」

「それ、リスナーの反応を取り入れるってことですか？　無理ですよ、収録番組ですし。それっぽく仕込んでもバレたらリスナーの気持ちが冷めませんか。コンペとしては不利だと思います。そういうのってなぜか伝わる気がしますし」

「そういうことじゃなく。生真面目すぎるのが問題じゃないかって言ってんの。無難にまとまってるだろ。これ、あえてお前がやる意味ってどこにあるんだよ」

「それは……」

答えに詰まる私に考え直せと言い置いて、本城ディレクターはさっさと出て行ってしまった。

「彩羽ちゃんさ、ずっと、いい子だったんだろうね」

栗さんが、いつも以上にやさしい声で、クッキーをすすめてくれる。

「マルがもらえるように、懸命に準備したり、勉強したり。実際、すごく真面目でいい子だとぼくも思ってる。だけど、仕事って、そういう思いから離れた方がうまくいくこともある。最短距離で答えを見つけようとしないことも、大切だよ。正解は無数にあるんだよ」

最短距離どころか、何度やり直してみても本城ディレクターからのＯＫは出なかった。テナント店舗クルージングを主体にインタビューで進めていく案。すべてについて黒松圭にコメントさせるクローズアップ案。事前の社内アンケートをもとにしたランキングスタイル案。その都度、カミナリが落ちて、突き返される。

時間ばかりが無情にすぎ、収録を翌週に控えた週末、制作発表の場がやってきた。

＊

会議室、と言われてこんなに広い空間を想像するひとが、いったいどれだけいるのだろう。都心にそびえる平山不動産開発本社の大会議室はあまりに広く、小中学校の体育館を思い出した。入口の受付は三つに分かれ、関係者、本社社員、そして長蛇の列をつくる新商業施設テナントの店長たちが、順番を待ちつつ、ずらりと並んだ椅子の海の向こうを眺めていた。前方ステージの大きなスクリーンでは、さわやかなイメージ動画が繰り返し流れている。

受付開始とほぼ同時に会場入りした私と本城ディレクターは、最前列の真ん中に用意された関係者席に腰を落ち着けてからも、小声で相談を繰り返していた。すぐにネクタイをゆるめる本城ディレクターも、さすがにこの場ばかりは、ぴしっとした姿のままで足を組んでいる。

「いいか彩羽、お前の今日の一番大事な役割は、収録順の最後《ケツ》を勝ち取ることだぞ」

これからはじまる制作発表では、イメージキャラクターが黒松圭になると明かされ、彼が登場する新番組をみんなで選ぶ、コンペの詳細が発表される。私たち関係者も簡単な挨拶をして、収録順のくじを引く、と段取りを聞かされていた。

「わかってます。これでもくじ運はいい方ですから」

くじ、という言葉に、あの夕食店のおみくじが思い浮かんだ。

学業あせらず。

あせるなと言われて、あせらずに済むのなら、どんなに楽だろう。

番組企画はまだＯＫが出ていない。黒松圭のコメント中心の番組案と骨子は決めたものの、飯倉麻里奈やロイが打ち出す「強み」に当たるもので、本城ディレクターと意見が合わないのだ。私はきっちりした番組づくりを提案する。本城ディレクターはもっと肩の力を抜けという。同じゴールを見ているはずなのに、そこまでのルートはまるで違って、衝突ばかりを繰り返していた。

後方で小さなざわめきが起きた。

振り向くと、飯倉麻里奈が、栗色のロングヘアをなびかせるようにして、こちらへ向かってくる。シフォンのワンピースに、ファーのボレロとエンジニアブーツを合わせた姿は、相変わらずファッション誌から抜け出たようだ。シンプルなカーキのシャツワンピースを選んだ私は、彼女の華やかさに気後れした。

一瞬目が合ったかと思うと、飯倉麻里奈は小走りにやってきて、右手を差し出した。華奢な手首に重ねづけされたブレスレットが、しゃらしゃらと音を立てて私を威嚇《いかく》する。

「はじめまして、FMスパークルの飯倉麻里奈です。シュトラジの高梨彩羽さんですね？　ご一緒できてうれしいです」

笑顔のなんとまぶしいこと。私はうまく笑顔を返せているかわからなかった。


会場が暗くなり、スクリーンに新商業施設のオープニングCMが流れはじめた。

弾むようなアコースティック・ギターの調べにのせて、緑色のいちょう並木の木漏れ日や、光を反射する水面が映る。ハミングが重なるとカメラが引いて、並木台自然保護園が映し出された。画面に黒松圭が現れると、小さな歓声が会場のあちこちから聞こえた。遊歩道からミニ動物園を抜け、駅を通りすぎて、新商業施設に入っていく。カメラが上を向き、青空に浮かぶ雲が、施設名とオープン日時に姿を変えた。気持ちのよい風が吹いてきそうなCMだった。

照明がつくと、ステージには黒松圭が立っていて、会場には歓声と拍手が響いた。

司会の男性は社員らしく細身のスーツがよく似合い、進行は手慣れたものだった。

新番組関係者がステージにあがる頃には、客席との間にかけ合いが生まれるほど場はあたたまり、私たちは拍手に迎えられて中央に並んだ。ドレスシャツにヴィンテージデニム姿のＤＪロイも、モデルのような出で立ちの飯倉麻里奈も、それぞれの個性を前面に打ち出していた。二人とも背筋をぴんと張り、少しも視線をぶらさずに、客席を見つめている。自分が選ばれるという確信を、隠そうともしない。

自信に満ちあふれた彼らと並ぶと、自分が一回りも二回りも小さくなったように思えて、それを表に出さないように、精一杯の笑顔で取り繕った。呼吸が浅くなる。震える足にぎゅっと力を込めて、舞台を踏みしめた。

「では番組パーソナリティのみなさんから、新番組をひとことで言うとどんな感じか、ご紹介いただきましょう！　……と」

マイクをロイに渡しかけた司会が、いいこと思いつきました、と興奮気味に話し出した。

「くじ引きよりも、これもコンペではどうです？　客席のみなさんが参加した方が、面白そうですよね？　拍手が多い順に、好きな収録日を選べるようにしませんか」

会場は大きく盛りあがった。

よけいなことを思いついてくれたものだ。重ねた手にべたつく汗がにじみ出てきた。正面に座っている本城ディレクターが、口の動きだけで、勝、ち、取、れ、と威圧してくる。

マイクを持ったＤＪロイは、大げさな身振り手振りを交えて、客席に語りかける。

「エシカルな番組を目指したいですよね。地域の今も世界の今もフラットな感覚で捉えながら、そこに音楽をリンクさせて、ヴィヴィッドに発信するつもりなんで、応援よろしくお願いします！」

頼もしい、という司会のコメントと客席の力強い拍手が彼を讃える。続く飯倉麻里奈が進み出ると、拍手は消え、会場中が彼女の言葉に耳を澄ましているようだった。

「きらきらした番組です」

ゆるふわコンセプトですね、との司会の薄ら笑いに少しも怯むことなく、はい、と笑顔で彼女は続けた。

「ときめくものや、わくわくすること、気持ちを大切に番組に取り込んでいきたいです。さっきのＣＭの映像でいったら、木の梢や池の水面にきらきらする光、ああいう感じをお届けしていきたいです。たとえば、ここで一番きらきらに近いのは、」

そういって小首を傾げて、司会者の隣に立つ黒松圭をのぞき込む。

「黒松さんの笑顔かなって思うんですけど」

黒松圭は、照れながらもとびきりの笑顔を見せ、客席が沸いた。

耳鳴りするほどに響く拍手に包まれ、マイクは私の手に渡ってきた。

口がからからに渇く。照りつける照明がまぶしすぎて、頭の中も真っ白になっていく。

――しゃべるのが仕事のはずでしょう、しっかりしろ私。

考えてきた言葉がどこかへ消えていく中、必死に自分を鼓舞して、マイクを構えた。

「……っちり」

絞り出した声が、裏返った。きっと口が渇いていたせいだ。

会場に起こった笑い声が耳に入ると、全身の血液が一気に逆流した。

笑われている。

頭も舌も回らず、ひとつも気の利いた言葉なんて思い浮かばなかった。

「きっちり、しっかり。伝えるべきことを、伝えていく番組にしたいです」

拍手してくれたひとはいた。社交辞令的な拍手が、まばらに。

本城ディレクターと目が合った。腕組みした指先で肘を小刻みに叩く彼の背後に、黒く嵐を孕んだ雲が浮かんでいるようだった。


こんなにいたたまれない、苦い気持ちは、久しぶりだ。

体が重苦しく、足を一歩前に踏み出すことすら、ひどく疲れた。

勝負はこれからなのに、はじまる前からもう、私の敗北は決まったも同然に思える。

来週の収録日は舞台挨拶の人気順にうしろから決まり、私は月曜午後の収録トップバッターになった。もう準備にかける時間もない。でも、与えられたチャンスを台無しにしたのは、私だ。今の企画でいくしかない。なにを話してもうつろな答えしか返せない私に、本城ディレクターは、もう帰って飯食って寝ろ、と背を向けた。見限られたんだと思っても、涙すら出なかった。ただひどく重い体をひきずって、電車に乗り、扉付近に体を持たせかけた。

停車駅で扉が開くと、ホームの立ち食いそば店から、おだしの香りがした。強いおだしの香りはおいしそうで心惹かれる。だけど少し違う。体が求めているのは、この香りじゃない。

——あのお店。

閉まる直前に電車を降り、私は、並木台を目指した。

「お帰りなさい！」

扉を開けると、希乃香さんの明るい声と笑顔が迎えてくれた。灰色にピンクの大胆な菊柄の着物が今日も目に鮮やかだ。

今日もここには、包み込むようにやわらかくまろやかな、おだしの香りが漂う。

カウンターに座ると、渋い藍色の着物に身を包んだ志満さんが、あたたかいおしぼりを手渡してくれる。あれから何度か通ったけど、ここにはいつも穏やかな空気が流れている。

「この香りが、落ち着くんですよねえ……」

おしぼりの香りを、目を閉じてしばらく吸い込んでいると、鼻先でおだしの香りが濃くなった。ことり、と小さな音に目を開けば、志満さんが目の前にお猪口《ちょこ》を置いてくれていた。

「ひとくち、飲んでみて」

お猪口には、淡い金色のおだしが入っていた。

「うんと疲れたときの、アタシのお作法なんですけれどね」

疲れたときでも、ひとくちおだしを飲んでおくと、その後のお料理もお酒も、おいしくいただけるのだという。

「ようやく慣れましたけれど、希乃香が転がり込んできたときなんて、毎日飲んでいましたよ。鰹節《かつおぶし》を削らせれば手を怪我するし、買い物を頼めば財布を落とすし、出入りするたび看板が壊れて。そりゃもう気苦労の連続で」

「志満さん、またわたしの話してるでしょう」

希乃香さんが、唇を少し尖らせて、薄いグラスとクラフトビールの小瓶を持ってきてくれた。最初の一杯は軽めのを、とお任せして選んでもらったものだ。

静かに注がれるビールは、色が薄く透明感があって、その繊細なうつくしさにしばし見とれた。口に含むとフルーティな香りが鼻腔に心地よく通り抜け、冷たさにのどがきゅっとせばまる。

「おいしいー……」

体の奥の、深いところから、満足のひと息があふれ出た。

細胞のひとつひとつに、しみ渡っていくようだ。

「そのひとことを聞くと、アタシの疲れは吹き飛びますよ」

志満さんは、厨房から運んできたホウロウ容器の中身を、豆皿にちんまり盛りつける。自家製のぬか漬け、きゅうり、パプリカ、そして山の芋だという。郷愁をそそる独特の香りに思わず私にもと注文した。志満さんはてきぱきと手を動かしながら、希乃香さんが来たときのことを冗談めかして振り返る。

「あのときは大事件だったんですよ。アタシ一人で気楽に切り盛りしてた店に、あちこちの会社を潰して歩いた縁起悪い子が、突然転がり込んでくるんですから」

希乃香さんは、私に手書きのメニューを手渡して、志満さんから豆皿を受け取った。

「彩羽さん、わたしが潰したわけじゃないですよ。入社した会社が、たまたま、潰れちゃっただけなんです」

「たまたま、七社もね」

「えっ、そんなに!」

「でもう大丈夫です。七転び八起きっていうでしょう？」

希乃香さんの言葉に、志満さんの表情が少し翳《かげ》ったように感じた。

ぬか漬けの食感の楽しさとまろやかな酸味は、ビールが進む。続いて、雲形の小鉢が出された。

「こちらお通し、カミナリこんにゃくです」

「カミナリ……」

本城ディレクターの不機嫌な顔が脳裏をちらついて、気が重くなる。

「彩羽さん、ご注文お決まりですか？」

メニューを持ったまま、何度も同じところを読んでばかりだと気づいた。どの料理もおいしそうなのに、考えが上滑りしていくようで、選び出せない。自分の選ぶものに自信も持てなくて、おみくじをお願いした。

薄く白い和紙を開いていくと、願い、という文字が飛び込んできて、胸が大きく跳ねた。その先を読むのが怖くて、指先が震える。

「『願い……ととのう、エビフライ』」

「いいエビが入ってますよ」

笑みをたたえて、志満さんが紺色の暖簾の向こうに消えていく。

カミナリこんにゃくは、箸の先で何度かつついてみたものの、なんだか口に入れることができなかった。

本城ディレクターと制作発表終了後に話したことも、あまり耳に入ってこなかった。覚えているのは、無難に済まそうとすると誰の心にもひっかかりを残さない、と言われたこと。きれいにまとめようとするな。お前まるごと体当たりでやれ。

言われていることが、わからなかった。

いつだって私は体当たりしているつもりだし、無難になんて後手に回っているつもりもない。前へ。前へ。むしろ、前のめりに、攻めているつもりなのに。

いつの間にか下がっていた視線の先へ、頼んでおいたグラスビールと一緒に、大きな皿が差し出された。

「お待たせしました。エビフライです」

思い描いたエビフライの姿とは、ずいぶん違っていた。

想像していたのは、キャベツの山を背にして、まっすぐにそそり立つようなエビフライ。

でも、目の前にあるのは、頭もしっぽもついたまま、腰も曲がった二尾のエビフライ。からりと揚がったようすはおいしそうではあるものの、曲がった姿は見てくれが悪い。お店らしいエビフライというのは、まっすぐぴんとした姿が魅力なのではないだろうか。

不格好なエビがつぶらな瞳で前方を見つめ、手足を上に反り返らせるさまは、なんだか、必死に腹筋しているように見えた。

不格好で、必死で。まるで、高校時代の、私のようだった。


放送部伝統のトレーニングは、それはそれは厳しかった。

本入部初日、放送部は文化部のふりをした熱血体育会系部活だったと知った。

集合はジャージ。グラウンド十周にはじまり、腹筋百回、演劇部と張り合っての腹式発声練習までが基礎トレーニング。見学時にはおくびにも出さなかったメニューにおののき、話したら入部しなかったでしょう、とやさしく微笑む先輩が鬼のように思えた。私を含む新入生八人のうち、初日で二人が退部した。

中でも腹筋は、かなりきつかった。

腹筋だけでも苦しいのに、リズム感と発声練習を兼ね、歌いながら腹筋させられるのだ。子どもなら誰でも知っているだろうアニメ映画の主題歌を歌いながら、先輩たちはこともなげに腹筋を繰り返す。試しにやってみると、歌うだけならほのぼのした歌が、腹筋と組み合わせると、途端にアップテンポでハードになり、戦慄した。

歌も腹筋も、どちらかに意識を向けると、どちらかがおざなりになる。先輩たちについていかなくてはと、死に物狂いで、がんばった。生意気な新入生のレッテルをなんとか払拭しようと、ひたすら真面目に取り組んだ。

ふと気づくとまわりの声がとぎれ、あるいは小刻みに震え、やがてやんだ。

どうしたのだろう、と止まった瞬間、爆発的な笑い声が響いた。

——みんな、私を、笑っていたのだ。

音程やリズム、歌詞も、みんなとは違っていたらしい。

あのときの恥ずかしさと、いたたまれなさは、忘れられない。

それは、今日私が味わった苦い気持ちに、よく似ていた。


「どうかされましたか?」

こぼれ落ちた大きなため息に、希乃香さんが声をかけてくれた。取り繕おうにも言葉が思いつかなかった。

「ごめんなさい、なんでもないんです。お店でこういうエビフライって珍しいな、って。まっすぐなものかと思っていたので。その方がきれいでしょう?」

希乃香さんはしばしエビフライを見つめ、そうですね、と同意した。

「まっすぐでぴんとしたエビフライは見た目もうつくしくて、食べやすいかもしれないです。でも、こうして腰が曲がっている方がエビらしく見えるってわたしは思います。多少不格好かもしれないですけど、本来の姿が見えるようで、親しみが湧きません？」

「親しみ、ですか？」

「ええ。完璧にととのったものはうつくしいですけど、完璧なひとなんていないでしょう。ちょっとくらい不格好な方が、相手からすると親近感が湧くものじゃないでしょうか」

菫の顔が思い浮かんだ。

あの腹筋事件のとき、菫が話しかけてくれた。

希乃香さんはちょっとよろしいですかと断ると、ひらがなの「つ」の字のように重なったエビフライを、腹合わせになるように動かした。頭が下になるように皿を動かすと、くっついた顔はVのように、ふたつの腰はMのようになり、見慣れた形をつくった。

「ほら、ハートが、できるでしょう？」

ハートの姿で向き合ったエビたちは、互いに言葉を交わしているようにも見えた。

あのとき、笑われて、いたたまれなくなった私に、菫は声をかけてくれた。

隣で腹筋をしていて、ひときわ大きな声で笑っていた彼女は、わざと違う歌を歌ってるのかと思ったよ、と話しかけてきた。ちょっと近寄りがたいひとかと思っていたと。顧問挑発事件の噂は、新入生の間にも広がっていたらしかった。

だから腹筋で歌が聞こえてきたとき、わざと違う歌を歌ってきつい腹筋に抗議しているのかと思ったら、だんだん歌が下手なだけだとわかり、大笑いしたのだそうだ。

私、この子と仲良くなりたいって思ったんだ、と、あのとき菫は言ってくれた。

「なんだか食べるのがもったいないですね」

志満さんがお皿の端に添えられた小さなココットを手のひらで示した。

「そうおっしゃらずに。おいしいうちに召しあがってくださいな。自家製のタルタルソースをおつけしていますけれど、ソースでもお塩でも、お好みのものがあればお出ししますよ」

最初のひとくちはそのまま食べてみると、エビのうまみが口いっぱいにあふれた。さくさくと軽い衣の歯ざわりとあつあつの温度が、ビールの冷たさに交わっておいしさが乗算されていく。二口目には自家製タルタルソースをかけてみる。まろやかな酸味に複雑なうまみが溶け込み、しゃきしゃきとした食感も楽しい。エビの甘みが引き立ち、こちらもビールによく合って、おいしさの幅はどんどん広がっていく。

「細かく刻んだぬか漬けと、生たまねぎが入っているんですよ。フライって、パン粉をつけて揚げますでしょ。たまねぎとパンって、とてもよく合うんです。そういうことわざが西洋にあるくらい」

「ことわざですか？」

「ええ。『あなたとならパンとたまねぎ』っていうんです。それしかなくても幸せだっていう意味らしいですよ」

軽やかな衣の秘訣は、ビールらしい。衣にビールを少し混ぜると、揚げ物がさっくり仕上がり深みも出るのだと、志満さんは教えてくれた。

さすが洋食店ですね、となにげなく呟いた言葉を、志満さんは強く否定した。

「いいえ、うちは洋食店じゃなくて、夕食店。ご家庭の夕食みたいに、肩肘張らないでお食事を楽しんでいただきたいの。ご家庭で楽しむお食事って、ポテトサラダと煮魚とか、ハンバーグと切り干し大根みたいに、洋食も和食も線引きしないで一緒に並ぶ、いろいろな感じが魅力でしょう？」

志満さんのお料理はどれも、まあるい味がする。

主張しすぎず、隠れすぎず。ほどよい頃合いで、おいしさが引き出されているように感じる。おいしくなるよう、手と心をかけた味。そこに希乃香さんが選んでくれた飲み物を合わせると、うれしさやよろこびが、体と心に満ちるようだ。

「なんだか、すごく大きな、ヒントをもらった気がします」

ハート形のエビフライと、志満さんの言葉から。

きっちりしっかりだけじゃない、親近感が湧くようなこと。線引きしない、いろいろな感じ。

たぶんそれは、本城ディレクターや栗さんが言っていたこととも重なる。

私は、カミナリこんにゃくを口にして、お皿の横に置かれたおみくじを眺めた。


「おみくじ、すごいかも。当たるって聞いてたけれど、本当にそうかも」

ビールを飲み干すと、希乃香さんが、にっこりと微笑む。

「信じるって大切なことです。彩羽さんの願い、ととのいますよ。私は信じてます。いいなあ、私もあやかりたい」

「希乃香さんの願いって？」

「自分の居場所があることです！　だからもうこのお店がある時点で叶っているようなものですけど」

「希乃香、そのことだけれど」

志満さんが、静かな声で告げる。

「アタシは自分がしゃんとしてるうちに、店のこともきちんとするつもりなの」

希乃香さんの顔から血の気が引いた。

「し、志満さん、それはまさかお店を閉めるわけじゃないでしょ？　しゃんとしてるうちにって、いつも年齢を聞かれるとハタチだって答えてるじゃない」

箸の先が滑った。その三倍でもまだ足りないのでは。いくらなんでもサバを読みすぎだろう。いつもきりりとした志満さんでも年を気にするのかと、ほんのり親近感を抱いた。

「ハタチから年は取らないと決めたの。でも体も頭もしっかり働くうちに、迷惑かけないようにちゃんとしなきゃと思ってね。未来永劫このままってわけにはいかないからね」

希乃香さんがしおしおとカウンターテーブルにもたれかかる。

「七転び八起きのはずが、七転八倒になっちゃうのは、困るよ……」

希乃香さんは私のおみくじに目をとめた。

「志満さん、こういうのはどう？　志満さんの願いをわたしが叶えたら、わたしにお店をやらせてくれるっていうのは。彩羽さん、乗りかかった舟と思って、証人になってもらえませんか」

希乃香さんの勢いにおされて、私は頷いた。志満さんはしばらく考えたのち、希乃香さんをまっすぐに見つめた。

「もしあなたが本気で店を継ぐというのなら、アタシも本気で課題を出しますよ。それでもやるつもり？」

「もちろん！　他に行くところなんてないもの。ここを潰されたら困ります！」

「なら、おじいちゃまを、見つけていらっしゃいな」

希乃香さんが動揺したのがわかった。

「おじいちゃま、って……だって、お母さんも会ったことがないって」

「ええ。おじいちゃまは、結唯《ゆい》が生まれたことも知らなければ、孫のあなたのことも知りませんよ。だけど、冥途《めいど》の土産に、もう一度くらい会ってみるのも面白そう」

くつくつと笑う志満さんの横顔が一瞬、少女のように可憐に見えた。

志満さんはその昔、芸者さんだったそうだ。希乃香さんのおじいさんと出逢い、大恋愛の果てに娘さんを授かったけれども、生まれる前に二人は別れてしまったという。

希乃香さんは、小島孝一《おじまこういち》さん、というおじいさんの名前をメモして、懐にしまい込んだ。

当時、小島さんは化学を学ぶ学生さんで、二十歳だった志満さんは、そこから年を取らないことに決めたと話した。もともと花柳界《かりゅうかい》では、芸者さんは年を取らないという暗黙の了解があって、どんなにお年を召した方でもおねえさんと呼びならわす。その伝にならった志満さんは、希乃香さんにもおばあちゃんなんて言わせないため、名前で呼ばせているのだと、いたずらっぽく笑った。

穏やかに笑う志満さんに、現実を一歩ずつ踏みしめてきた強さを、見る思いだった。

時間は前にしか進まない。

だけど、うしろを振り返れば、それまで辿ってきた、そのひとにしか歩めない日々が連なる。

そこで得たやさしさや、あたたかさの中に、明日へ踏み出す一歩へのヒントが、詰まっているのかもしれない。

希乃香さんと志満さんの、いってらっしゃい、の声に送られて、私はうしろむき夕食店をあとにした。

＊

収録スタジオの窓から見える、ビルに挟まれた空は快晴。晴れた空は、ひとの心も明るくしてくれる。それは、調整室で栗さんとカミナリ雲に向き合う私も例外ではなかった。

「彩羽、お前本気か」

「冗談で収録当日に内容を変えたいなんて言う勇気はありませんよ」

本城ディレクターはあごひげをさすり、勇気っていうより正気の沙汰じゃないなとぼやいて、進行表を睨みつけている。栗さんは差し入れの生チョコをつまみ、耳にさした鉛筆に手をかけた。

「彩羽ちゃん、かなり変えたね。食べ物中心のトークって面白そうだけど」

「食べ物の話題って、そのひとの素の部分が出ると思うんです。施設や映画の紹介でも、黒松さんたちの、素の魅力を引き出したいんです」

共演俳優にはベテランの松嶋孝蔵《まつしまこうぞう》が来ると決まったそうだ。モノクロ映画の時代から活躍する俳優で、小柄ながらも渋く凜々しくストイックな姿に憧れ、男女問わず長年のファンも多い。

新作映画では、黒松圭演じる若手警察官とコンビを組む、リタイアした敏腕刑事役を演じるという。

栗さんが進行表にBGMや曲出しのタイミングを書き加えていく。

それをなおも睨みながら、本城ディレクターは、ようやく口を開いた。

「栗さん、悪いけど、軽くリハしてやってもらえるか」

「ありがとうございます!」

リハーサルに進めるのは、実質のゴーサインだ。

機材に手を触れ、お願いね、と心の中で声をかけ、アナウンスブースに入った。

ヘッドホンを付けると、音が消えた。

そこに本城ディレクターの声が、ゆっくりと響く。

《彩羽、勝てるか》

私は素直に頭を横に振る。

「わかりません。でも、せっかく来てくれたゲストが楽しんでくれる番組にします、全力で」

頭の中にエビフライのハートを思い描き、マイクに向かった。

リハーサル後、挨拶や打ち合わせもそこそこに、収録がはじまった。

アナウンスブースの机を挟み、すぐ目の前に座る黒松圭は、ボールペンを構えて進行表に向き合っている。とても礼儀正しくて、挨拶のお辞儀がきれいなひとだ。隣に座る松嶋孝蔵も紳士と呼びたくなる大人の余裕を漂わせ、目が合うと頷いてくれた。

準備万端だ。

収録番組とはいえ、多忙な黒松さんのスケジュールから、録り直しは一切対応できないと聞かされている。一瞬目を閉じて、もう一度心の中で呪文を呟いた。

かまない・ダレない・とちらない。

調整室とアイコンタクトを取ると、栗さんのカウントダウンがはじまる。

《五秒前、四、三、》

番組テーマ曲とタイトルコールが流れ、オープニングトークのキューが出された。

「こんにちは、パーソナリティの高梨彩羽です」

二人のゲストを紹介して、黒松さんに話しかける。

「最近の食事で私が一番印象に残っているのは、あるお店のエビフライでした。ビールと合わせると、たまらなくおいしくて。黒松さんは、最近食べたもので印象的なおいしいものはなんですか？」

「ケーキですね。姪っ子たちが、はじめての手づくりケーキを持ってきてくれたんですよ。気持ちがうれしくて、思いきりかぶりついたら、しょっぱくてびっくりしました！　ケーク・サレっていうそうで」

穏やかな目をさらにやさしく細め、はにかみながら話す黒松さんは、テレビや映画で見るよりも素朴な印象だ。ケーク・サレの具の話題に、たまねぎが出てきたところで、松嶋さんに向き直る。

「たまねぎといえば、最近『あなたとならパンとたまねぎ』っていうことわざを知りました。さきほどのエビフライのお店で教えてもらったんです。だから、パン粉をつけたフライと、たまねぎの入った自家製タルタルソースがよく合うのよって。さて松嶋さん、エビフライはタルタルソース、ウスターソース、どんなものをかけて召しあがりますか？」

松嶋さんの目が鋭く光った。温厚な微笑みに時折混じるすごみのようなものに、こちらの背筋もぴんと伸びるようだ。

「私は醬油ですね。とんかつもエビフライもなんでも醬油です。さきほどのことわざ、スペインのことわざですよね。それを伺うと、次はタルタルソースでも食べてみたいものです」

さすがベテラン。こちらに話のボールを投げ返してくれる。食べ物を中心にしたトークは盛りあがり、前半は問題なく進んだ。調整室から見守っている栗さんはもちろん、本城ディレクターも、不機嫌な顔つきはいつもどおりだけど、何度も頷いて見守ってくれている。

曲が流れている間、スタジオはエビフライの話でもちきりだった。並木台の店で道に迷いやすく変わった自販機が目印だと話すと、黒松さんは進行表にエビフライと書きつけて、お腹を鳴らした。現場の雰囲気は和やかで、そのおかげか、後半の映画紹介でも、印象的なロケ弁の話から二人の俳優の撮影秘話も飛び出して、万事が順調に進んだ。

いい空気をつくれていると、肌で感じた。

左手に握りしめたストップウォッチの残り時間は、あと少し。最後の曲紹介を残すのみになった。

「盛りあがっているところ名残惜しいですが、お時間が近づいてきました。映画の主題歌でお別れしましょう」

ここで曲のイントロが流れるはずだった。

一瞬の間は異変を告げていた。

調整室で栗さんが慌てているのが見える。本城ディレクターは両手の拳を左右に広げ、引き伸ばせ、と合図をしてくる。

「最近よく耳にしますよね。みなさんも聴いたことがあるんじゃないでしょうか。知ってるよ、鼻歌を歌えるよ、という方もたくさんいらっしゃるかもしれません」

トークでつなぎながら、ちらちらと調整室を見るものの、栗さんは顔色を失っている。本城ディレクターに目で助けを求めると、手で大きくバツ印をつくった。

機材トラブルだと悟った。

おそらくもう音は出ない。でも、音楽がかからなければ、オリエンテーションで告げられた番組成立の必須条件がなくなってしまうことになる。

どうしよう。どうしたらいいだろう。このまま黙っているわけにもいかない。局によって基準は違うが、シュトラジでは六秒以上無音になれば、放送事故になってしまう。

――しっかりしろ、私。

黒松さんが進行表に書いた、エビフライ、の文字が見えた。

目を閉じ、ヘッドホンの無音の向こう側に、耳を澄ます。

私は、映画の主題歌を、静かに歌い出した。

ぷっと吹き出すのが聞こえた。

目を開けると、黒松さんと松嶋さんは顔を真っ赤にして肩を震わせ、笑いを懸命にこらえている。

下手なのだ。きっと。

彼らが知っている主題歌と、私が今歌っているものには、違いがあるのだろう。あの部活のときのように。いたたまれない気持ちと猛烈な恥ずかしさに、頬が燃えるように熱くなる。

それでも必死に歌い続けると、そこに、低い声が重なった。

松嶋さんが、一緒に歌ってくれていた。サビの部分になると、黒松さんも加わり、アカペラで主題歌のワンコーラスを歌い切った。

声が途切れると、黒松さんの声が間髪《かんはつ》を容れずに響いた。

「はじめて聴いた曲かと思いましたよ！　すごいサプライズ！」

黒松さんは、ウインクしてくれていた。彼が咄嗟《とっさ》に突っ込みを入れてくれたおかげで、まるで最初からこういう演出だったかのように、笑い声に包まれて番組は終了した。

楽しかったですとスタジオを去る二人に、助け舟のお礼と感謝を繰り返し、見送った。

調整室では、栗さんが頭を抱え、何度も謝罪を口にした。本城ディレクターは事故だから仕方ない、栗さんのせいじゃない、と繰り返している。

「彩羽ちゃん、ごめん。ほんとにごめん。リハもうまくいったのに。ぼくのせいだ」

「やめてくださいよ。栗さんのせいじゃないです。仕方ないです。運です、運」

本城ディレクターの大きな手が、私の頭をわしわしとなで回した。

「お前、度胸あんのな！　あんなに音痴なのに歌で乗り切ろうって機転はなかなか利かせられるもんじゃない」

「ほめてます？　けなしてます？」

「あの二人のナマ歌なんて、なかなか聞けないだろ。番組的にはおいしい」

お前の歌は放送事故スレスレだけど、と軽口を叩いていた本城ディレクターは、ふと真顔に戻って、がんばったな、と言ってくれた。

胸がいっぱいになり、視界が潤む。

姿の見えない大勢のリスナーに向けて恥をさらしたのは、考えたくもないくらい恥ずかしい。だけどゲストの二人は笑ってくれた、とも思えた。

「……ま、番組成立条件をどう見るかは、平山不動産開発次第だけどな」

万が一でも気を落とすな、と本城ディレクターは珍しくやさしい言葉をかけてくれた。

「面白かったよ、俺は」

「はい！　ゲストのお二人は、楽しんでくれましたもんね。私の目的は、十分果たせました」

なおもうなだれる栗さんをなだめて、私たちは、お疲れさまでした、と頭を下げあった。

翌週番組は公開された。ＦＭスパークルは商業施設を舞台に、黒松圭とデートコースを決めるコンセプトで番組を展開していた。ノックウェイヴはライフスタイルと音楽を融合させ、黒松圭と音楽談義で盛りあがっていた。初日の再生回数はＦＭスパークルがダントツだった。


二週間ほどがすぎたある日の夕方。

マチトクの収録で、自然保護園前広場で行われた骨董市を紹介していたときだった。

調整室に、本城ディレクターがノートＰＣを抱え込むようにして、飛び込んできたのが見えた。

栗さんの指示でアナウンスブースから出ると、本城ディレクターは無言で画面を指さす。開かれているのは、すでに見る気力もなくしていた、平山不動産開発の番組コンペ特設サイトだった。

「えっ！」

金メダルマークとともに、第一位シュトラジ、と記されている。

得票数は全体の四割。二位のＦＭスパークルに幾分差をつけての勝利だった。後半からじわじわと追いあげてきたらしい。

「コメントも見てみろ」

そこには、黒松圭の歌声が聴けたとの喜びの声の他、私の歌について、下手すぎ、歌わせちゃダメなひと、など辛口コメントがずらりと並ぶ。でも、その語尾には笑顔の顔文字や笑いを示すｗがたくさん並び、好意的に受け容れてもらえたんだ、と胸が熱くなる。

親しみが湧きませんか？　と希乃香さんの声が聞こえるような気がした。

もしかしたら、自分にとっては苦みにしか思えないことも、他の誰かにとっては味わいになったり、香りたつ個性に感じられることも、あるのかもしれない。

ひとひととは違うから苦しむこともある。

だけど、違うからこそ、気持ちが重なるときのよろこびは大きいのだと思える。

お腹の底のあたりに、じんわりと、ぬくもりが広がった。

「おめでとう」

本城ディレクターが、私と栗さんに、缶ビールを差し出す。

「えっ、就業中ですよ、いくらなんでも」

「お前を祝おうってのに無粋なやつだな。よく見ろ。あと三十秒で規定では終業時刻だ」

時計の針はまもなく十八時をさす。

針が重なるのと同時にプルを抜き、私たちは声を合わせた。

「乾杯！」

二の皿

商いよろしマカロニグラタン

都心から私鉄の各駅停車で約二十分。

並木台駅北口から続く並木道を北へ、徒歩約十分。

T字路の手前、昭和風味の路地を左。

「昭和風味って、どんなだ」

ゆるやかなのぼり坂の途中で、俺はぴたりと足を止めた。

メールの字面だけを見ていた。ぱっと見はちゃんとした道案内に思えたが、まさかこう判断に悩む目印だとは。ちゃんと読んでおくべきだった。傾げた拍子に、ぱきっと首が鳴る。疲れが溜まっているらしい。

新しい環境と向き合うときは、気づかぬうちに緊張と疲労が蓄積するものだ。

新年度や転属、引っ越しも。社会人生活も五年目を迎え、それなりに新しいことを経験してきたはずなのに、いつの間にか肩に力が入る。

注意深く歩いたつもりでも、目的の路地は見つからなかった。目の前にT字路の突き当たりが迫り、長いこと歩いてきたいちょう並木を振り返る。街灯が照らす金色の並木道にひそむ、昭和風味のものを必死に探してみる。二十メートルほど前に、トタン屋根の商店らしきものがあった。どうやら気づかずに通りすぎたらしい。

戻ってみれば、その横に延びる細い路地には商店と住宅が入り交じり、板塀にブリキの看板が見えた。シャッターや雨戸が閉まっていたが、昭和風味と言われればなんとなく納得できる情緒があった。

とくに目を引くのは、角の商店の店先に佇む、ロッカーのようなもの。側面に癖字で産直自動販売機と手書きされ、縦に六個、二列の、透明窓の個室がある。しかし、扉の多くは中途半端に開き、棒のようなものがはみ出していた。

「なんだこれ」

近づくと、ぷんと、土の香りがした。

太いごぼうのようだった。土がついたままで、三本ほどが緑色の養生テープで束ねられ、三百円と油性ペンで書かれている。安いのか高いのかわからないが、おおらかな商売の仕方には驚く。

ひとつだけ閉まった扉の中は空だが、売れたのかはわからない。見たところ、センサーや防犯カメラなど盗難防止の機器などはなく、盗んでくださいとばかりに置いてある。これで商売が成り立つのか、他人事ながら心配した。

夜風に漂うほのかな土の香りは、あのときの彼女を思わせた。あちこちに枯葉や土をつけて、頬も泥で薄汚れていた。助手席から彼女が去ったあとも、残り香みたいに、土と葉の入り混じった、山の香りがした。

路地を曲がり、メールのとおりに、右、左、右、と進むが、行き止まった。聞いたような店はない。自販機まで戻って再度歩いても、やはり同じ行き止まりにぶつかる。

うまくいかない。

迷いは、とことん、迷いを呼び寄せるものなのだろうか。今日は道に迷うが、あのときも、車を停めるべきか迷った。夜の山道でヒッチハイクに遇うなど、想像もしなかったからだ。もしも本当に困っているなら助けぬわけにはいかないし、そうでなくてもアクルヒ製薬の社名入り営業車で見て見ぬふりは、後々面倒そうだ。数秒の間に頭をフル回転させ、親指を立てて立ちはだかる着物姿の女性の前で、車を停めたのだ。

丁寧に礼を言って助手席に体をうずめた彼女と、編みあげブーツで挟まれた重たげなビニール袋から、土と葉の香りがした。

着物で山のぼりも珍しいね、とたずねると、普段から着物ですごしているのだという。それに、好んで山のぼりしたわけではなく、不可抗力だと言い張った。

「だって、炊き立てのむかごごはんて、すっごく、おいしいですよね」

見た目のサバイバル感と発言のギャップがあまりにも大きくて、思わず笑ってしまった。つやつやで、もちもちで、ほくほくで、と続く言葉に腹の虫が鳴いて、食べに来ませんかとの誘いに即答した。たぶん、断ることもできたはずなのに。


もし道に迷ったら、うしろむき夕食店はどこかと聞いてください、と言っていた。

店の本当の名は別にあるが、その方が通りがいいのだという。うしろ、つまり古きよき時代を思い出すような、なつかしい雰囲気の店なんです、と彼女は話した。

とはいえ、さびれた裏通りには、ひと一人通らない。

縁がなかったと思って諦めようか。さっさと踵を返して、駅前にあった商業施設あたりで適当な店を探そうか。そう思うたび、炊き立ての……と話す姿がよみがえり、手がかりがないか、あたりを見回す。

街灯の下を、なにかがよぎった。

野良猫だろうか？

一瞬照らされた体毛は、金色に輝いて見えた。でも、猫のしっぽはあんなにふさふさしていたろうか。それに、あんなに弾むように歩く生き物だったろうか。

なんだか気になって、生き物が消えた先の路地を曲がった。

「あ」

宵闇に沈む路地の先に、淡い色彩が浮かんでいた。

話に聞いたとおりの、二階建て板壁の洋館。

観音開きの二枚の扉に嵌め込まれたステンドグラスには、陽だまりを思わせる、野原の風景が描かれていた。波打つガラスの格子窓からは、店内のにこやかな客たちの姿と、二人の着物の女性が見え、うっすらとうまそうなにおいが漂ってくる。

派手な着物の方と目が合った、と思った直後、ステンドグラスの扉が開いた。

取っ手に結ばれた鈴が勢いよくゆれ、りん、と冴えた音を響かせる。

「お帰りなさい！」

笑顔で迎えてくれたのは、あの土の香りの彼女――希乃香さんだった。


「乾杯！」

交わす盃やグラスは、重ね合う挨拶みたいだ。

一杯ごとに、互いの距離をほどよくちぢめてくれる。

注がれた日本酒は、舌とのどに熱を残しながら通りすぎ、体の奥をぽっとあたためてくれる。

二口、三口と重ねれば、華やかな香りがほどけ、うまみが余韻を奏でる。

希乃香さんはカウンターの内側で、のどを鳴らしてグラスを干した。もっとも、俺は日本酒だが、彼女は水だ。白いエプロンの下の着物は青と黒の六角形模様。途切れたりつながったりするさまは、新人研修で叩き込まれた化学の構造式に似ていた。斬新な柄に思えたが、昔の着物なのだそうだ。

聞いたとおり、なつかしさを感じる店だった。

案内されたカウンター席は、テーブルも曲木の椅子も、丹念に磨き込まれていた。無数の小傷が年月を感じさせるものの、みたらし団子みたいな濃いめの赤茶色のニスで輝いている。壁際に飾られた、昔の薬簞笥《くすりだんす》のような引き出しの多いチェストも同じ。心を込めて手入れされたものだけが持つ、内側から光るような独特の存在感が、店の調度に漂っていた。

その空気感は、子どもの頃に入り浸った、父の仕事場を思い出させた。

「このたびは孫娘が本当にお世話になりまして」

志満と名乗った店の主は、物腰はやわらかいが芯のありそうなひとだ。希乃香さんの祖母だそうで、さすがというべきか、着物姿が堂に入っている。割烹着からのぞく茶色い着物は表面の光沢がうつくしく、落ち着いたピンクの衿が華やかさを添えていた。

あたたかいおしぼりからは柑橘系のいい香りがしたし、メニューは和紙に手書きされていて、丁寧なもてなしに、気持ちがほぐれていく。

「お恥ずかしながら、いささか無鉄砲な孫でして。ええと……なんとお読みするのかしら」

志満さんは、渡した名刺に顔を近づけたり遠ざけたりする。

「下の名前でかまいません、みなさん宗生《むねお》と呼びます」

ちょっとほっとしたように志満さんが微笑む。天竺桂と書いてたぶのきと読む苗字は珍しく、読めるひとには今まで会ったことがない。

「あのとき、宗生さんが通りかかってくださらなかったら、どうなっていたことやら。お電話いただいたときには驚きました」

「僕もびっくりしました」

奥多摩の薄暗い山道、車のハイビームが薄汚れた女性を照らし、一瞬鼓動が止まったかと思った。希乃香さんには言えないが、真剣に、幽霊かと思ったのだ。それほど、なかなかインパクトのある姿だった。

髪はほつれてところどころ頬に張りつき、顔も泥で薄汚れていた。おまけに、着物姿。古びた感じの赤い大きな花柄の着物はよれよれで、破れているところもあった。白くふくらんだビニール袋を引きずり、道路の真ん中で親指を立てる姿に、声にならない悲鳴が出た。

「わたしもびっくりしました！　ちょっと道をはずれただけで、スマホの電波は通じないし、車も通らないし。でも、おかげで、むかごはたっぷり採れましたけど」

聞けば希乃香さんは、奥多摩でひとを捜しているうちに、むかごを見つけて、生活道路から離れてしまったらしい。ここにもあそこにもと採り進むうちに道を見失い、遭難しかけたのだそうだ。電波が入る場所を探して画面をつけたまま歩き回ったため、早々にスマホの電池も尽きたという。

「どこを歩いてるのかも、駅がどちらかもわからないうちに、すとんと日が暮れちゃいまして。遠くに車の光を見つけたときは、絶対に逃がしてなるものかと」

むかごの蔓を命綱がわりに斜面を滑りおりて、道路に立ったという。それを聞いた志満さんは、ため息をついて、額に軽く手を当てていた。

「本当に、いいときに通りかかってくださって、ありがとうございました！」

いいとき。希乃香さんに愛想笑いを返す奥で、胸がひきつれるように軋んだ。

「いいときだと思うんだよね、オクタマ」

「オクタマ、ですか」

紅谷《べにや》医師がなにを言っているのか、はじめはまるでわからなかった。そんな医学用語あっただろうかと、必死に思いめぐらした。

紅葉が、と言われてようやく、奥多摩だとわかった。それでも、なぜこの局面で奥多摩の話が飛び出してくるのか、理解に苦しんだ。

「写真、撮ってきてよ」

紅谷医師は、ＰＣ画面から目を離さずに、そう言った。

異動になります、と切り出した俺の顔をまじまじと見た紅谷医師の顔には、なんの感情も読み取れなかった。仔犬めいた童顔を気にしてポーカーフェイスを練習したと聞いたが、成果をあげたらしかった。

製薬会社ＭＲの異動は、珍しい話じゃない。あー、と間延びした声をあげて、切りそろえられた短髪を軽くひとなでするると、そこからもう俺の顔は見なかった。しばらく無言でＰＣの電子カルテを見つめ、奥多摩の話をしはじめた。

いつもと同じ、診療時間後の外来診察室での面会は、いつもよりずっと短時間で終わった。なにかの冗談かと思いたかったが、違った。紅谷医師は、奥多摩の紅葉の写真を撮ってきてくれ、と繰り返した。きれいだから。見たいから、と。

立場上、医師には逆らえない。俺自身は担当からはずれても、会社としては薬を採用してくれる大事な取引相手だ。できる限りその要望には、応えなければならない。たとえそれが理不尽な要求であっても。

これまでそうしたことがなかったのは、恵まれていただけなのだろう。

海外の新しい論文が出たら知らせてくれ。気になる症例が見つかったら知らせてくれ。紅谷医師から頼まれるのはMRとしてやりがいを感じることばかりだったし、学会の準備を手伝ったり、こちらから講演会の講師をお願いしたりすることもあった。うちの薬を採用した研究で、紅谷医師の業績も俺自身の営業成績もあがり、いい信頼関係を築いてきたはずだった。

信頼が崩れるのは一瞬なのだと学んだ。

仕事上のよきパートナーだと感じていたのは俺ばかりで、紅谷医師にとっては、出入り業者の一人にすぎなかったわけだ。役立つ相手でなくなれば、こうも簡単に手のひらを返されるのかと、気持ちが冷えた。

突然申し渡された異動も、その異動先も、腑に落ちないことばかりだったが、紅谷医師の態度の豹変が、一番こたえた。

引継ぎ、引っ越し、異動、異動先での引継ぎと、怒濤のような日々にさらわれて、奥多摩を訪れたのは、三週間後の、先週末だった。

「お待たせしました、柚子胡椒唐揚げです。お好みで柚子胡椒をつけて召しあがれ」

志満さんがこんもりと盛った唐揚げを出してくれた。うまそうな香りはもちろん、ぽっちり添えられた柚子胡椒の黄緑色も鮮やかで、食欲をそそる。

たまらず口に放り込むと、じゅわっと肉汁があふれた。衣に入れたという柚子胡椒は、思ったより辛みも香りも穏やかだ。次のひとくちは、箸の先でさらに柚子胡椒をつけて楽しむ。さわやかな刺激と香りが、鶏の脂と一緒になって口の中を弾む。そこに希乃香さんが見繕ってくれたコクのある酒を含めば、快さに陶然とした。

想像以上に、料理がうまい。遭難しかけてもむかごに目を輝かせるようなひとの店ならさぞうまいだろう、と思ったが、期待をはるかに上回る。

お通しに出された自家製のぬか漬けや、里芋のポテトサラダもうまかった。ポテトサラダには味噌を隠し味に使うそうで、こんみりと深い味がした。炭火であぶった数種のきのこのグリルは、ぱらりと塩をしてスダチを搾ると酒に最高に合い、いちょうの葉をかたどった寒天や、煎り銀杏の透明感ある緑が目にも楽しい。

そのうえ、希乃香さんが見立てる酒は、どの料理にも素晴らしく寄り添い、引き立ててくれた。ワインもよく合うのがあるとすすめられたが、なんとなく気後れして、断った。

「なんか、秋を食べてる感じがする」

「それは、メインディッシュを召しあがってから、言っていただきたいです」

希乃香さんの不敵な笑顔の背後から、ふわっと、だしの香りがした。

紺色の暖簾の奥から、志満さんが一人用の土鍋を抱えてくる。蓋をあけると、むかごがたくさん、光る米の中にうずもれていた。

「今日はとってもいいものがあるんですよ」

志満さんがカウンターから持ちあげたのは、ここへ来る途中で見た、自販機の中身だ。

「ごぼうですか」

「これはね、自然薯《じねんじょ》」

志満さんは手早くすりおろしてだしでのばし、炒って香りの立ったごまを振りかけた。すすめられるままに、むかごごはんにかけて食べてみる。ほこほこしたむかごごはんに、とろろが絡んで、すこぶるうまかった。

「めちゃくちゃうまいですね」

「合いますでしょう。言ってみれば、山の親子丼ですし」

「親子……?」

むかごは、自然薯など山の芋にできる球状の芽のようなもので、種の他にそこからも山の芋が育つのだと、志満さんは話してくれた。小さくてもたっぷりと栄養を蓄えていて、このまま土に埋めれば、芽が伸び、芋ができるという。

むかごも山の芋も、それ自体の味わいは淡白で、特徴的な味があるわけではない。その地味さが自分と父に重なるように思え、小さなため息が、むかごごはんの上を滑った。

「自然薯は、山薬といって、漢方薬にも使われます。体にもやさしいですけれど、緊張続きで心が疲れているときにも、やさしくバランスをとってくれますよ」

仕事のことを詳しく話した覚えはないのだが、志満さんはにっこりと微笑んだ。

むかごごはんもとろろも、言われてみれば滋味のある、やさしい味わいだ。時折、ちびちびなめるように盃を口へ運ぶ。一人前を食べ終わる頃には、明日もがんばろうかと、ほのかに思えた。

つい長居してしまい、終電間近になっていた。会計を頼んだものの、二人とも先日の礼だと頑として受け取らず、結局ごちそうになってしまった。

扉を開けると、空気の冷たさに酔いがやや醒めた。気づかぬ間に季節は少し進んでいたらしい。

「いってらっしゃい。明日もいいお日和になりますように」

＊

外来診察が終わるぎりぎりの時間めがけて、大学病院外来を訪れた。

受付スタッフに豊島《とよしま》医師への取次ぎを頼むが、返答はいつもと同じだ。

「お会いになれるか、わかりませんが」

かまいません、よろしくお願いします、と頭を下げ、待合室と受付を一望できる、壁際に立った。

二階の外来フロアは、壁に沿うように診療科ごとの受付が設けられ、ゆるやかに区切られた中央のスペースが待合室になっている。俺の通う総合内科は、耳鼻科、歯科口腔外科、眼科などと同じエリアにある。ベンチに背を預ける患者たちはいつものように、雑誌やスマホを眺めたり、診察順のアナウンスに耳を傾けている。

いつもと違うのは、子どもが一人で座っていることくらいだ。

前任者から引き継いで以来、担当する豊島医師には会えたためしがない。

最初はもっとストレートに、会えません、と断られた。通ううちに、受付の表現は婉曲化したが、会えないことは変わらない。中堅どころとして活躍する豊島医師には、外来や病棟など臨床に加えて、研究もあるのだから、時間が限られるのは仕方ない。今のところその貴重な時間は、ほぼ同業他社のために割かれている。

他社と共同研究を意欲的に行っているここに、うちの入り込む余地などほぼないのだ。なのに、営業目標はいつも「理想的」な数値ばかりで、少なくとも俺が入社してから達成されたことは一度もない。

社内のMRの間ではひそかに、島流し、と呼ばれていたエリアだ。

不屈の挑戦者精神、と言ったら聞こえもよいのだろうが、がんばっても達成できない目標に心が折れることも多くて、ここから社内の別部署に転属したひとはとても少ない。みんな、次の一歩を、社外に求めてしまうからだ。

前任者もそうだった。

医薬品情報を提供するMRに薬の価格決定権はないものの、医師が薬を採用する際に、自分たちの働きが決め手になることも少なくない。営業職に分類される以上、そこには数字がつきまとって、目標が達成できなければ評価も下がる。それに耐え切れなくなって、より活躍を望める、あるいは待遇のよい、別の場所を求める。

前任者は、赴任後四か月で退職を決めた。医薬品販売業務受託機関から製薬会社に派遣されるコントラクトMRとして、郷里に戻るという。

だってここ、数字、とれないもん。

努力なんてしたって無駄だと、引継ぎの端々に不平不満が添えられた。親切のつもりなのか、引継ぎ資料の封筒には、転職エージェントの名刺まで一緒に入っていた。

外来は今日も忙しそうだ。俺は鞄から論文を取り出し、読みはじめる。海外で発表されたばかりの論文で、豊島医師の研究分野に近かったものだ。いつもどおり会えないなら、せめてこれを受付に預けていくつもりで、準備してきた。

今までも情報を預けたことはあるが、読まれたのか、そのままごみ箱に投じられたのかは知らない。時折、紅谷医師を思い出す。会えば必ず宗生くんと声をかけてくれたし、論文を預ければスタッフに礼を言づけてくれていた。

今は、社名すら覚えてもらえているのか疑問だ。面会待ちのMRは常時数人が待機しているし、いつも呼ばれるのは決まったひとだけだ。

比べても仕方がないことだ、ひとも、仕事も、それぞれに違う。

それにいい関係なんて、仕事においては一時の幻想なのかもしれない。

奥多摩の燃えるような紅葉を思い出すと、気持ちがしんと冷え込んだ。

論文を三周した頃、洟をすすりあげる音に気づいた。

一人でじっと座っていた男の子だ。

ふっくらと丸みを帯びた顔つきや体格は、幼稚園、保育園くらいだろうか。足が床につかないらしく、宙にぶらぶらさせている。時折、袖口で洟を拭くものだから、右手のそこだけが濡れたようにてらてらと光っていた。

おとなしく座っていたが、さっきよりも表情が険しくなったようだ。あたりに保護者などの姿は見えない。迷子だろうか。気になるものの、このご時世、下手に声でもかけたら不審者と間違われそうで、ようすを見守った。

深刻な顔になった、と思った矢先、両目から、ぼろっと大粒の涙がこぼれ落ちた。

彼はまたも、てらてらした袖口を目元にこすりつけようとしたので、思わず駆け寄って、ポケットティッシュを差し出した。

子どもはびくっと肩を震わせた。

しゃがんで目線を合わせると、彼はおそるおそるティッシュを受け取って、盛大な音を立てて、洟をかむ。指で示すと、目元にもティッシュの端を押しつけた。

「大丈夫?」

子どもは、下唇をぎゅっと噛んで、俯いた。

祖母と一緒に病院に来たこと、その祖母は、売店にいちご牛乳を探しに行ったことなどを、神妙な面持ちで話す。近くの自販機にはバナナ牛乳しかなかったと、非難めいたことも口にした。

迷子でないことにほっとした。座っていたのは受付の真ん前で、きっと彼の祖母は受付スタッフの視線にもある程度期待して、ここに残していったのだと思われた。

じゃあね、と立ちあがってもとの場所に戻ろうとしたとき。男の子が口を開いた。

「父ちゃん、今、手術してるんだ」

「……そうか。父ちゃん、がんばってんだな」

それ以上、どう言葉をかけてよいのか、わからなかった。

俺は再びしゃがみこんで、彼の話に耳を傾けた。

「おっきい手術なんだって。近くの病院じゃできないって言われて、こっちに来たの。マスイっていうのをして、手術するんだって。マスイって痛いんだって。でも、父ちゃん、強いから、泣かないって言ってた。だから、ぼくも泣いたらいけないいんだ」

いけないいんだ、という割に、目からはまたぽろぽろ涙がこぼれ落ちる。ティッシュを渡し、えらいな、と声をかけたものの、泣く子の対処方法なんてまるでわからない。

鞄の中を手で探っても、あるのは論文と資料とスマホと財布。子どものよろこびそうなものなど、なにもない。

子どもの頃、まわりはどうしてくれたろう。遠い記憶をたぐってみる。

「昆虫は好き？」

子どもが弾かれたように顔をあげ、大きく頷いた。

俺は、深く息を吸い込んで、腹を決めた。

情報は鮮度が命。大事な商売道具ではあるが、豊島医師には今日も会えるかどうかわからない。また次回持参すればいい。今は、小さな胸を痛めて父のために祈る彼を、少しでも、励ましたい。

手元の論文を数枚引き抜き、折り目をつけて、破った。

正方形にした紙を、折り紙の要領で、手の感覚をたよりに、形づくっていく。できあがったものを小さな手のひらにのせると、彼は目を輝かせた。

「カブトムシ！」

英語論文でつくられたカブトムシを、子どもはきらきらした目で見つめた。小さなカブトムシは、子どもの手の上では、ずいぶんと大きく、存在感を増した。

「おじちゃん、ありがとう！」

「うん。お兄ちゃんにしといて。俺まだ二十代だから」

子どもは、わかった、と何度も頷く。

もう忘れてしまったかと思ったが、繰り返しつくってきた記憶は、手に刻まれていたらしい。

子どもはカブトムシを飛ばすふりをしたり、ベンチを這わせたり、気に入ってくれたようだ。

まだ涙の痕の残る頬には笑みが浮かび、ほっとした。

「夏にね、父ちゃんと、カブトムシ採りに行ったんだ」

「へえ、いいね、俺も昔、父親と行ったな。いっぱい採れた？」

「ううん、採れなかった。夜に木に昆虫ゼリーを塗っておいたのに、ぼく、お寝坊しちゃったの。起こしても全然起きなかったって。また来年って父ちゃんと約束した」

「叶うといいな、その約束」

子ども相手とはいえ、無責任に気休めを言うのは気が引けた。

子どもはこれまで黙っていた反動なのか、保育園の先生の口癖や、にんじん組に所属していること、同じ組の女子に結婚を申し込まれた話などをえんえんと話した。彼は将来戦隊ヒーローになる予定だが、結婚相手の女子も女性戦隊のリーダーになる予定なので、共働きだとかなんとか、わかったふうなことを言っていた。

祖母らしきひとは、帰ってくると、面倒を見ていただいてと慌てて俺に頭を下げた。

「お父さまの手術だそうで。ご回復されるといいですね」

俺の言葉に、彼女はくすくすと笑った。

「親知らずを抜いてるの。横に生えちゃったから、ここでないと抜けないんだって。息子ったら怖がりで、孫にも大げさに話したみたい。嫁は出勤前に、手術後食べられるものの長いリストを渡されて、げんなりしてた。麻酔が効きすぎて運転できないと困るって、親知らずなのに親の私まで駆り出されて。もう、家族中が大騒ぎ」

「おせんべいはしばらく食べられないの。魚肉ソーセージは大丈夫かもって」

子どもが心配そうに言い添える。

「来年、カブトムシ、いっぱい採れるといいな」

ふと顔をあげると、外来から出てきた豊島医師と目が合った。見るからに神経質そうな細面に銀縁眼鏡、顔色は青白く、今日もずいぶんとお疲れのようだ。会釈したが、彼は顔を背けてそのまま立ち去った。

子どもに手を振り、俺は病院をあとにした。


俺も、あんなふうだったのだろうか。

昆虫と聞いて輝いた子どもの目を思い出すと、口元がゆるむ。

昆虫とりたい！　と、父にすがりついたのがなつかしい。

あのとき、父と友人の楽器職人は、顔を見合わせて笑いながら言った。

「コンチュウっていうのは、昆虫じゃないんだ」

あれは小学校の低学年の頃だったろうか。

浜松《はままつ》で木材加工業を営む父の町工場では、楽器の一部をつくっていた。浜松は楽器のまち、音楽のまちとも言われ、日本唯一の楽器専門の公立博物館があり、高い技術を持つ小さな楽器工房が点在している。父は足しげく勉強会や研究会にも通っていて、その仲間がよく工場を訪れた。

こっちの木はオルガンに、あっちはスピーカーの表板になるんだぞ、と話す父は楽しそうだった。学校が終わると家から徒歩五分ほどの工場に出かけては、作業場の隅のテーブルに腰かけ、働くひとたちを眺めた。

種類や見た目が同じでも、木はひとつひとつ、違う。叩いて返ってくる音も、響き方も異なっていた。

ただの板だったものが、手をかけられ、それらが集まって、誰かに楽しみを届ける器、つまり楽器になる。木と木の間に音は響き、うねり、誰かの心に向かって放たれるのだ。

父はいつも、自分たちは板をつくってるんじゃない、これからの音楽をつくってるんだ、と誇らしげに話した。

あのときも、板切れを手にした楽器職人がひょっこり工場にやって来たのだった。

鯨みたいに大きく口を開けて笑う彼は、丸太のような腕で俺の頭をなでた。父と二人でかまぼこ板ほどの板切れを、ひっくり返したり、小突いて音を確かめたり、手に入れたばかりのおもちゃを見せ合うみたいに、うれしそうに話していた。

「コンチュウ、とろうと思って」

楽器職人のその言葉に、俺は父に駆け寄って作業服を引き、僕も昆虫とりたい！　とせがんだ。大人たちの笑い声を、不思議に思いながら、聞いていた。

「コンチュウっていうのは、昆虫じゃないんだ。魂の柱、と書くんだよ」

ヴァイオリンやチェロなど弦楽器の一部だと、楽器職人は構造を紙に描いて教えてくれた。

「表板と裏板を、表から見えない部分でつないでるのが、魂柱。弦の振動を楽器全体に伝えて、音を響かせる」

たぶん、ぽかんと口を開けてでもいたのだと思う。わからないかー、と楽器職人は豪快な笑い声をあげ、しゃがみこんで、俺と目を合わせながら、教えてくれた。

「楽器が、この工場だとしたら、表板は宗生の親父さん、裏板が職人さんたちだ。いい仕事しようっていうみんなの意気込みが魂柱で、その想いがつながり響き合って、いい作品ができあがる。わかるか？」

それは子ども心にも、とても大切なもののように思えた。

俺はすっかりうれしくなって、父に、オルガンの魂柱を見せてくれと頼んだのだった。

父は、ちょっと困ったような顔をして、オルガンに魂柱はない、と言った。泣きそうな俺をなだめるのに、器用な手つきで、カブトムシやクワガタを折ってくれたのだった。

魂柱がないせいではないだろうが、その後メーカーの事情でオルガン製作が打ち切られると、父はあれだけ力を入れていた楽器製造から手を引いた。


「宗生も同じでいい？」

央樹《ひろき》さんが、食券販売機に札を押し入れながら、振り返った。

「あ、自分で」

「いいって、たまには。俺から誘ったし」

濃厚つけ麺味玉のせねぎ増しの食券二枚を店員に渡し、奥のテーブル席についた。よく来るという央樹さんは、麺の茹で方にも注文をつける。

営業所に車を停めたところで、遅めの昼食に出かける央樹さんに出くわしたのだった。まだなら一緒にどうかと誘われ、歩いて五分ほどのラーメン屋に来た。濃厚とうたうだけあって、魚介系豚骨スープの香りが、熱気とともに店内に渦巻いている。

「どう、慣れた？」

「全然会ってもらえない先生がいるんですよ。気難しくて大変って引継ぎでも聞いたんですけど。どうしたらいいでしょうね」

同じエリアで開業医を担当する央樹さんは、三歳ほど先輩だ。一年前からここにいるそうだが、競合他社が根強くて、売上目標はやはり厳しいらしい。

「俺はよく、曜日と時間を合わせて、定期訪問してるよ。覚えてもらいやすい」

参考にしますと答えたものの、今の訪問スタイルとあまり変わらない。数日おきに午前の外来診察終了のタイミングで通っている。

「宗生、熱心だよな。それが伝わるといいけど。そうなれば俺もちょっと助かるし」

大学病院や地域基幹病院などに薬が採用されると、信頼性が増し、開業医たちも使ってくれるようになる。だからこそ、ある分野の権威にあたる医師たちや、エリア内で影響力のある医師のもとには、各社のMRや営業担当がずらりと並んで、なんとか自社の薬を採用してもらえるようにと熾烈《しれつ》な競争を重ねる。

「どうやったら、売上目標に手が届くでしょうね」

無理無理、と央樹さんは手を横に振る。ハナから諦めているらしい。それでも食い下がると、宗生は真面目だね、前向きっていうか前のめりだね、と天井を仰いだ。

「俺、売上よりも、まずはいい関係を築くことが大事だと思う。数字はあとからついてくればいいと思ってるんだよな。まずは、いい関係。ここじゃ至難の業だけど」

紅谷医師を思い出し、ため息がこぼれた。

奥多摩の写真を送らなければと思うが、気後れがして、まだ送っていない。

「まずはニーズを的確に把握して、必要な情報を迅速に届ける。そして、相手の懐に入る。製品の採用は、いい信頼関係が築けてから。仕事って結局、ひととひとだから」

そういうことばっか言うから、甘いって睨まれんだけど、と央樹さんは小さくため息をつく。

「けど、自社製品しかすすめないってルールも、今どきどうかと思わない？　昔は接待で決まったこともあったらしいけど。変わってくのにね、世の中って」

しばらく前の規制強化で過度な接待が禁止され、接待の話はあまり聞かなくなった。今となっては都市伝説みたいなものだが、かつては訪問のたびの高級弁当はかわいい方で、院内旅行や忘年会の費用まで製薬会社が受け持ったという噂も聞いた。どこまで本当かわからないが、すごい時代だったんだろうと思う。

だから、上と方針が合わないこともあるよ、とさらりと央樹さんは言った。

「転職……とか、考えたことは？」

前任者から引き継がれた、転職エージェントの名刺は、なんとなく捨てられずにいる。

ここ来るとみんな考えるよね、と央樹さんは苦笑する。

「俺は出てけって言われるまではいるかな。ここ家から通いやすいし、うまいラーメン屋もあるし。まだ一人くらいだけど、いい関係築けつつある先生もいる」

つけ麺が運ばれてきた。

混濁した茶色のつけ汁の表面に、焼き目のついたぶ厚いチャーシューと、煮卵の頭がのぞく。央樹さんが固めのアツ盛りと頼んだ麺は湯気をあげていた。麺は通常茹でてから冷水でしめるらしいが、熱々のまま盛ってもらうと、つけ汁が最後まで冷めずにおいしく食べられるそうだ。とろみのあるつけ汁が手打ち太麺によく絡み、麺をたぐる手が止まらなくなった。

普段の食事の話から、近頃は並木台の店にたびたび通っていると話すと、央樹さんは顔をほころばせた。並木台の隣の、月見《つきみ》が岡《おか》に住んでいるのだという。

「並木台南口商店街、雰囲気いいだろ？　俺の彼女もあそこで花屋やってるんだ」

「商店街じゃなく、住宅地にある店です。最初はだいぶ迷いました。古い洋館の、うしろむき夕食店ていう店で」

「聞いたことないな。自然保護園の方？」

「たぶん反対側です。いちょう並木側でした」

あっちに店なんてあったかなと首を傾げて、央樹さんは勢いよく麺をすする。

「次に並木台行くときは、商店街も行ってみるといいよ。老舗の洋食屋がおすすめ、オクラ座って店。俺、高校の頃から通ってる」

そういえば、と央樹さんが、箸を止めた。

「昔、変なことがあって」

その洋食屋で、見知らぬひとから、食事をごちそうになったのだそうだ。

「変ていうより、いい話じゃないですか？」

「おごってくれたのが変なおっさんだったんだよ。俺らまだ半袖着てたのに、冬物のジャンパー着て、ハンチング帽にサングラスにマスク。超怪しい格好だろ。不審者かと思ってさ」

食事を終えて、央樹さんたちより先に店を出たそのひとは、なぜだか知らないが、店内の学生たちの食事代を全部、支払ってくれていたという。

「一応礼を言おうと思って、店にいたやつと追いかけたんだけど、見失って」

そのとき一緒に追いかけたのが、今の恋人なのだそうだ。その出来事をきっかけに、親しく話すようになったのだと、央樹さんは、照れくさそうに後頭部を掻いた。近々結婚を申し込むつもりらしい。

「今もジャンパーにハンチング帽のおっさん見かけると、あのひとかなって思う」

「そういう格好のひと割といませんか？　うちの父親もですよ」

ある年代におけるおしゃれの公式のひとつなのだろうか。父も、どこへ出かけるにも、油揚げみたいな色の冬物のジャンパーに、ハンチング帽を被っている。オルガンをつくらなくなってから、記憶の中の父はいつも、あのジャンパーと濃茶のハンチング帽だ。

有名フランス料理店に招待したときですら、その姿で現れて、面食らった。紅谷医師とのタッグのおかげで営業成績が伸び、報奨金が出て、たまにはうまいものをごちそうしようと、ホテルをとって呼び出した。

感激屋の母はどの料理にも浮かれていたものの、父はたいしてよろこばず、付け合わせのミニグラタンだけをうまいと言った。それぱかりか、ワゴンから自ら選んだウォッシュチーズにも、においがきついと文句をつけたりして、ひどく恥ずかしい思いもした。ホテルまで送る途中、父は一人で鄙びた蕎麦屋に消えていった。子どもの頃より小さく感じる父のその背から、俺はそっと目を逸らしたのだった。

「ちゃんと大事にしてる？　親父さんのこと」

央樹さんはきっと何気なくたずねたのだろう。でも俺は、心の内を見透かされたような気がした。

大事にしとけよ、と央樹さんはしみじみ言い、割スープと替え玉を追加した。

＊

父の、忘れられない背中がある。

工場前の路地で、作業服姿の父は深く頭を下げ、そのまましばらく動かなかった。向き合ったスーツ姿のひとも、どこか苦しそうな面持ちで、何度も頭を下げながら、去っていった。父は彼の姿が角を曲がっても、見送り続けていた。

見てはいけなかった、と思った。

学校の図工に使う木切れをもらおうと工場に向かい、角を曲がったところでその場面に出くわした。慌てて踵を返して、自宅へ走った。胸がずっと騒いでいた。

不安は的中した。取引先の楽器メーカーが新しい工場を建設し、オルガンの製造を完全に社内化する、という話だったらしい。父はこれまでの仕事が評価されて、新工場に誘われたそうだ。なのに父は、職人さんたちを新工場へ斡旋《あっせん》すると町工場を引き払い、楽器製造からすっぱり手を引いて、一人でオルガンのリペア中心の小さな工房を立ちあげた。仕事はたいしてなかった。

新工場で働く職人さんたちは何度か父を誘いに来た。それでも父は頑として聞かず、不安定な仕事を黙々と続けた。母の働きで食いつないだ時期もあった。これからの音楽をつくっていると話してた頃に比べて、口数も減った父に、あのまま新工場に勤めればよかったのに、と何度も思った。

東京の大学を志望したのは、気詰まりな実家から離れたかったからだ。生活費はバイトをかけ持ちして捻出し、切り詰めて暮らした。ちょっとでも目算を誤ると、バイト代が出るまでの数日間を、牛乳と小麦粉とバターですごした。スーパーのレジ打ちバイトのおかげで、見切り品の乳製品は手に入りやすかった。牛乳で溶いた小麦粉をバターで焼き、醤油や砂糖、マヨネーズ、ソースをかけて食べた。バターのおかげで腹はふくれたが、ねちねちと粘っこい生地はうまいと思ったことはあまりない。

しっかり給料がもらえて、実力で昇給や報奨金が見込める仕事を探し、今の職に就いた。五年の月日が、瞬く間にすぎた。うまくいっている間は天職だとさえ思った。なのに、うまくいかない状況の連鎖に、どんどん気持ちはあせり、落ち込み、意気込みも消えかかってる。

奥多摩の写真をようやく紅谷医師に送ったが、返信はなかった。

思いの外がっかりして、なにを期待していたのだろうと自嘲した。

エリア会議が長引いていつもの時間に間に合わず、午後の診察終了をめがけて大学病院外来を訪れると、今日は来ないかと思った、と受付スタッフが話しかけてきた。央樹さんの言うように、印象づいてはいたらしい。

しばらくして、会えると告げられ、一瞬耳を疑った。

タイミングよく、他社MRの姿がなかったからなのか、単なる気まぐれなのかはわからないが、引継ぎ挨拶以来はじめて、診察室に通された。

「あまり、時間はとれませんが」

豊島医師は眼鏡を指先で押しあげながら、俺に向き合った。今日も顔は青白く、白衣を着ていなければ、待合室の方が似合いそうだった。

「この間、待合室にはいたのに、途中でいなくなりましたね」

いつもアポイントに応じないのに、俺を気にかけていたことに驚く。

まさかカブトムシをつくったとも言えず、忘れ物に気づきましてと言い訳すると、豊島医師は先日受付に預けた英語論文を、引き出しから取り出した。

「これのことですか？　あなたよりも前に、別のところも持ってきましたよ」

「そうでしたか」

やはり後れをとったらしい。情報は、鮮度が命だ。薬を採用してもらうために、どこも必死に、豊島医師との関係構築を望んでいる。

しかし、ならばなぜ俺は、今日ここに呼ばれたのだろう。

不思議に思っていると、豊島医師は論文をめくり、指で示した。

重要と思われる箇所につけた、いくつかの付箋だった。渡すのが遅くなった分、せめて豊島医師が見たときに、効率的に情報収集できればと、貼りつけていた。

「こういうのは助かりました。またお願いしたいですね」

「ありがとうございます！」

薬を使うとは約束できませんが、と豊島医師にはきっちり釘を刺されたが、わずかでも、信頼を得られたかと思うと、うれしくなった。

付箋に込めた思いを受け取ってもらえたのだと思った。

俺は半ば浮かれて、央樹さんの言葉を思い出した。

相手のニーズを把握して、懐に入る。それは、まさに今だと思った。

「気になるものがあればまたお持ちします。この他の、先生のご関心はなんでしょう？」

しゅっと目を細め、豊島医師は腕と足を組んだ。

「……それを、聞きますか」

声のトーンはぐっと下がっている。俺は言葉を選んで、できるだけ丁寧に、答えた。

「先生のニーズに合う、情報やご提案をお持ちしたいと思いまして」

かかとを小刻みに上下させて、豊島医師は黙り込む。地雷を踏んだかと気づいたときには、豊島医師の機嫌の悪さはピークに達していて、俺と目を合わせようともしなかった。

「そういうのは、そのときどきで変わっていくものです。言葉ありきで決めるのは感心しませんね。先入観を生みます。それにとらわれて本質を見失えば、致命的な事故につながることもあります。ささいな変化に感覚を研ぎ澄ませて、常に問い続け、本質とその先を見つめようと目を凝らす、私たちの仕事はそういう仕事です。あなたのその付箋に、同じ気骨を感じたと思いましたが、買い被りだったかもしれませんね」

申し訳ありません、と何度口にしただろう。

気難しい、と前任者から引き継がれたことを、今更ながら痛感した。面会できれば関係を深めていけると思っていたが、大きな間違いだったようだ。

世の中にはいろいろな考えのひとがいる。考え方も価値観も異なるひとびとの中で、同じ方向を向こうとするのは、とても難しいことのように思える。

「簡単すぎませんか。言われたことだけをやればいいというのは」

吐き捨てるように、豊島医師が言う。

「申し訳ありませんが、そこに想像力を働かせる余地のない、つまり自分の仕事に誇りもプライドも持たないひとと手を組むのは、性分に合いません。いい仕事ができるとは思えませんので。そういう社風なのですか？　あなたの前のひともそうでした」

すっかり機嫌を損ねた豊島医師は、次があるので、と診察室から出て行ってしまった。

しばらく立ちあがることができなかった。

うまくいかない。

頭の中を、行き場を失った風が大暴れしているようだった。

車に戻っても、気持ちは切り替えられなかった。

このまま営業所に戻る気分にもなれず、エンジンをかけ、ナビを見るともなく動かし、流れるラジオに耳を傾ける。ハスキーで落ち着いた声の女性が、リクエストに応じていた。俳優・松嶋孝蔵のファンかららしい。リクエストは彼の一番好きな曲「君といつまでも」だった。パーソナリティは以前番組で彼と揚げ物の話をしたと紹介し、並木台の商業施設のランチ情報もさりげなく伝えた。

言われたことだけじゃなく、その先を見つめて、付け加える。豊島医師が言った、いい仕事を、このひともしているのだと感じた。

どんな仕事でも同じだ。目の前の仕事に、ほんの少しでも心が入り込むと、仕事自体が輝き出す。そういう仕事には、他の誰かを惹きつける魅力が宿るものだ。それに感動した誰かの手で、別のいい仕事が生まれ、よろこびが連鎖していく。

でも、そのかけらすら、今の自分にはないと感じた。

壮大なオーケストラの響きに、耳慣れたメロディが流れ出す。

あてどもなく動かしていた指先が、並木台、の文字を捉えた。

あの店の、むかごごはんを思い出す。格別うまいものというわけではないのに、なんだか無性に、あの小さく、ほくほくしたものに触れたかった。

俺はナビを現在地に戻すと、アクセルを踏んだ。


「お帰りなさい！」

希乃香さんの明るい声と、紫の蝶が描かれた派手な着物姿に、ようやく辿り着いたと肩の力が抜ける。車を営業所に置く一手間がじれったかった。

カウンター席につくなり、おしぼりを渡してくれる志満さんに、たずねた。

「むかごありますか」

山の芋ならあるのですけれど、と志満さんは言い淀み、濃紺の着物の胸に手を当てると、俺の隣に座る中年男に声をかけた。

「禅《ぜん》ちゃん、今日、むかご持ってないかしら」

いや、ないだろうと心の中で突っ込む。ペンみたいに誰もが気軽に持っているようなものじゃない。案の定、禅ちゃんと呼ばれた男は、毛羽立ったネルシャツの腕を組み、ないなあ、と呟いた。四十がらみだろうか。日焼けした精悍な頬を伝い、もみあげがあごにまで届いている。

ボトルワインを手にするそのひとを、ぬか漬けを盛りつけつつ、志満さんが紹介してくれた。

「こちら、腕利きの八百屋さんなんですよ。八百禅の禅次郎《ぜんじろう》さん」

聞けば、最初にここを訪れたときに見つけた自動販売機も禅次郎さんのものだという。

「あの自販機、大丈夫なんですか？　前に見たときは鍵もかかってなくて、商品が飛び出てましたよ。持ち逃げされたりしませんか」

普段はきちんと鍵はかかっているらしい。だけど、ロッカーの扉が閉まらないときなどは、ああして開け放ったまま、売っているという。

「あるよ、そういうことも。だけど、ああいう売り方でも、きちんとお金を支払ってくれるようなひとと、俺はつきあいたいって決めてる。なんかいいでしょ？　そういう、信じ合ってる関係って。ありがたいことにそういうお客さんの方がずっと多いしね。それにさ、そのまま持っていくひとにだってやむにやまれぬ事情があるかもしれないから。ま、中には悪いやつもいるかもしれないけど」

「お金って、ありがとう券ですよね」

升酒を運んできた希乃香さんが、すっと会話に加わった。

合わせて出されたお通しはれんこんステーキで、焦がしバター醤油の香りに耐え切れず、口いっぱいに頬張った。飲み口のいい淡麗な酒が、しゃっきりした食感に、旧知の友みたいになじんだ。

「つくってくれてありがとう。働いてくれてありがとう。つい見落としがちですけど、金額の大小にかかわらず、お金のやりとりってありがとうを手渡すことだと思うんです。お支払いするときも、感謝の気持ちを渡してるって思うと、こちらもうれしくなりますし。自販機に鍵がなくたって、ありがとうの気持ちを残していくんじゃないでしょうか」

「そんなふうに考えたことなかったです」

「ほんと。さすが転職の女王。含蓄《がんちく》がある」

それ本心では全然ほめてませんね、と希乃香さんが禅次郎さんを軽く睨む。

聞けば希乃香さんは、学習塾、デパ地下の弁当店、弱小雑誌社、アンティーク着物店とさまざまな職を経験してきたという。禅次郎さんはたくましさに感心した。

「むかごみたいだよ。畑違いって言葉があるけど、畑なんて違ったって発育条件さえ合えば、マンションのベランダでも、自然保護園の植え込みでも、やつらはすくすく育つからね」

「希乃香は行った先々を潰してますけどね」

涼しい顔で志満さんが突っ込み、潰してるんじゃなくたまたま潰れたのだと希乃香さんが必死に反論した。

「ここを潰さないためにも、小島孝一さんを捜し当てないと」

希乃香さんは窺うような視線を向けたが、志満さんは気づいていないのか、暖簾の向こうへ姿を消した。

奥多摩へはそのひとを捜しに訪れたそうだ。希乃香さんの祖父だそうだが、出身地と名前、かつて化学を学んでいた学生、ということ以外は、なにもわからないらしい。

しばらくして戻ってきた志満さんは、小皿を俺の目の前に置いた。

一口大のかき揚げのようだった。サイコロ状の白っぽい具材が、薄く色づいた衣の下にのぞく。そこに志満さんは、白いソースと三色の塩を添えた。

「山の芋です。小さく切って揚げてみました。食感だけでも、むかごに近くなればと思って。ソースはおだしでのばしたとろろです」

むかごに近づけようという心くばりが、ありがたい。いい仕事とは、こういうことを言うのだろう。三色の塩は、カレー塩、わさび塩、梅塩だそうだ。

「むかごと山の芋なら親と子ですけれど、こちらはどちらも大人と大人ですから。子どもが育って一人前になって、親と向き合うような感じかしら」

親と向き合う、という言葉が、耳に残った。

付けすぎたわさび塩が、鼻の奥をツンと刺激して、目に涙がうっすらにじむ。

顔を隠すように、メニューに顔をうずめた。書かれた料理はどれもうまそうで、手書きの文字にも込められたものがあるように思えて、心がまた冷えていく。

――俺には、なんにもない。だからきっと、うまくいかない。

メニューの端に小さく添えられた、料理おみくじあります、のひとことに目が吸い寄せられた。


運ばれてきたのは、三方に積みあげられた小山のような、おみくじだった。付箋ほどの大きさの紙片を一枚抜き取ると、周囲が少し雪崩れた。

書かれているのは、料理の名前だけでなく、標語めいた言葉だ。

「『商いよろし、マカロニグラタン』？」

なんの皮肉だろう。会社からは業績を評価されずに島流しにあい、信頼していた仕事相手からは手のひらを返され、新しい仕事相手には拒まれる。

「なんにも、よろしくなんか、ないんだけどね」

自分でもびっくりするくらいこわばった声を、希乃香さんがやわらかく拾いあげた。

「今がよくないのなら、これからですよ。信じるって、大切なことです。宗生さんのお仕事、きっとここからよくなります。わたしは信じてます」

まっすぐな言葉は強くて、ありがたいが、真正面から受け止めるのは、少し苦しい。そう信じられるだけのなにかが、俺にはないように感じる。社交辞令と受け流せばよいのに、信じてみたい気持ちもどこかに残って、心がゆれた。

結局どう答えたものか迷って、返答のかわりに、ひやおろしを注文した。希乃香さんは、マカロニグラタンに合うからと、ぬる燗をすすめてくれた。

ほどなく、暖簾の奥から焼けたチーズのいいにおいが漂ってきた。

「熱いので、お気をつけて」

耐熱皿に盛られたグラタンは、こんがりと焼き色がつき、まだふつふつと気泡を浮かべていた。スプーンを差し入れると、白いソースがもったりと寄り添ってくる。

唇に触れ、あち、と思わず声が出た。ふうふう息を吹きかけて、口に入れる。ソースがとろけるように広がった。濃厚なチーズが舌に絡みつく熱さ。ざくざくしたパン粉が頬の内側をかすめる感触。ぬる燗をひとくち含めば、すべてが渾然一体となって、体の中に溶けていく。

うまそうだなあ、と禅次郎さんがのぞき込む。

「うまいです、めちゃくちゃ」

それはよかった、と志満さんが穏やかに微笑んだ。

「シンプルなお料理ですけれどもね、だからこそ、ひとつひとつにきちんと向き合わないといけないお品なの」

ほめていただけてうれしいわ、という志満さんの言葉に、あの日の父が重なった。

フランス料理店で父は、マカロニグラタンをひたすらほめそやした。付け合わせの小さなココットは、金目鯛のコンフィや仔羊の背肉のロティなどの主役に比べればもちろん、オマール・ブルーや黒トリュフのパイ包みなど、他の付け合わせに比べても、ずいぶんと地味だった。

家庭料理とは違って、マカロニの形もよくある筒状じゃなくこじゃれていたし、ソースもことなく上品に思えた。使っているのが高級な材料だからだろう、としか俺は思わなかったが、父は目尻を下げて、ココットのふちにこびりついた焦げまで、器用にすくいとって食べていた。

「ソースが大切なんですよ」

志満さんの言葉に、白いソースを口へ運ぶ。

うまいもの、としか俺にはわからない。

「バターと小麦粉を、一対一で加熱しながら練るんです。多くても少なくてもいけません。そこに熱した牛乳を徐々に加えて、濾すんですよ」

挙げられた三つの材料は、俺が昔、ひたすら腹をふくらませるために食べていたのと、同じだった。

同じ材料でも、手のかけ方で、こうも違うのかと、愕然とした。
できあがったソースは、ベシャメルソースという、フランス料理の基本のソースのひとつになるという。

「華やかな材料勝負のお料理と違って、こうしたシンプルなものほど、ごまかしがききませんから。向き合うこちらの心構えも、タイミングも大切。料理人の魂を試されているような気がします」

「魂、ですか」

かつて聞いた魂柱を、思わずにいられなかった。それはつながり合い、響き合う。ソースとマカロニの響き合う味わいに通じる気がした。

ちょっと大げさだったかしら、と志満さんは手を口元に当てて笑った。

「気概とか、矜持《きょうじ》でしょうか。そういう思いって、食べる方にも伝わるような気が、アタシはするんですよ」

言われてみれば、地味ながら、あのグラタンには華やかな料理にも負けない存在感があった。志満さんの言う料理人の気概や矜持を、父は、感じ取っていたのだろうか。

そして俺は、それを見ようとしてこなかったかもしれない。向き合うことも、話すことも、どこか避けてきた。父に勝手な印象を押しつけて、父の思いを知ろうとしてこなかった。

あのとき父は、なぜ困難に思える道を選んだのだろう。

深々と頭を下げていた日から、今の俺以上に、悩んだろうに。

想像力があれば、わかるのだろうが。


「俺には、なんにも、ないかもしれないです。そういう気骨みたいなもの」

ため息とともに吐き出すと、志満さんは、俺の目の高さに、マカロニをつまみあげた。

「仮にそうだとしても、なんにもないっていうのは、すごいことですよ。マカロニの真ん中の空洞をごらんなさいな、わざわざ手間暇かけて、なんにもない部分をつくってるんですよ」

どうしてだと思います？　といたずらっぽく笑う。

「熱伝導の効率をよくするためじゃないですか、茹でる時間を短縮するとか」

「それもあるでしょうけれど、なんにもないからこそ、なんでも入るのではないかしら。目に見えないようでも、ここにたっぷりおいしい空気が入っているみたいに」

「空気ですか？」

マカロニは、空洞があることで、ほどよい弾力と食感を保つ。おいしい空気が入っていると言われればたしかに、そうなのだが。

もっとも、と志満さんは付け加える。

「なんにもないって思っているのは、ご本人ばかりかもしれませんけれどもね。今まで宗生さんが重ねてきた日々には、おいしい空気に当たることもあったと思いますよ。わかりにくかったり、言葉にしていなかっただけで」

「……そうかもしれません」

ちびちびとなめるように日本酒を口に含み、ふと、それが父の癖だと気づいた。

言葉や態度にしていなくても、父から受け継いだ気概みたいなものが、俺にもあるのだとしたら。

その先に、小さな光のようなものを感じた。

空気はゆらぎ、うつろう。ずっと同じ状態でそこにあり続けるわけではない。だけど、おいしい空気に当たるような、信頼を交わし合った瞬間は、たしかにあった。今日も。そして、かつて紅谷医師とかかわってきたときも。

マカロニの中のおいしい空気を、ひとくちずつ嚙みしめる。

少し冷めたグラタンは、やさしい味わいがした。

「よかったらこっちも少しどう？」

禅次郎さんが、白ワインのボトルを持ちあげてみせた。

食べているのは同じ料理なのに、合わせる酒で、味の印象がぐっと変わるのに驚いた。ぶどうの香りや風味がはっきりとしたワインは、マカロニグラタンによく調和した。控えめすぎず、でしゃばりすぎず、適度な距離感で料理の味わいを引き出し、次のひとくちを改めておいしく感じさせてくれた。

「合いますね。うまいです、すごく」

禅次郎さんは、顔をくしゃくしゃにして笑う。ワインボトルはすでに、空になろうとしていた。酔っているのか、頬を赤くして、たいそう機嫌がいい。

「志満さん、さっき言ってたよね。シンプルなものほどつくり手の思いがこもるって。俺、お酒って全部、そうだと思うんだよ。ワインはぶどう、ビールは麦芽とホップと酵母と水、日本酒は米と米麹と水でしょ。材料はそんなに大きく変わらないのに、これだけたくさんお酒の種類があるっていうのは、すごいことだよ。それだけ、工夫と想像力を重ねて、向き合ってきたひとたちがいるってことでしょ。うれしくならない？　そうやって、ものすごく、手と心をかけてがんばってる誰かがいるって。この世の中も悪いところじゃないって思えるじゃない。自分もがんばろうってさ」

禅次郎さんは、上機嫌で乾杯をしたかと思うと、カウンターに突っ伏して、気持ちよさそうな寝息を立てはじめた。あらあら、と言いながら志満さんはグラスやワインボトルをそっとよけ、希乃香さんがブランケットを持ってきて、肩にかける。

「禅ちゃん、きっとうれしかったんですね、宗生さんとお話しできて」

「俺、なにもしてないと思うけど」

「自販機のこと、持ち逃げされないか気にしてくれてましたよ。気にかけてくれるひとがいるって、しあわせなことですから」

「それを言ったら、希乃香さんの、ありがとう券って話は衝撃」

「そうですか？　お金は大切ですけど、そのためだけに働くわけじゃないでしょう？」

ふっと、父の顔が思い浮かんだ。

スマホが震え、メール画面を開くと、紅谷医師からの短い返信が届いていた。

遅くなりました。写真ありがとう。なにかあったら声かけて。

希乃香さんが、思い出したように呟く。

「そういえばマカロニって、台湾では、心が通じる粉と書いて、通心粉っていうそうですよ」

うまくいきますよ、お仕事、と希乃香さんが微笑みかける。

今度はその言葉を、しっかりと、受け止めたいと思った。

いってらっしゃい、の声に背中を押されて店を出るなり、央樹さんの連絡先を開いた。

＊

大学病院の駐車場はいつもより空いていた。

限られた診療科のみが開く土曜日の外来は、待合室のひとびともまばらで、いつもより広く見えた。総合内科受付に顔を出すと、受付スタッフの方から声をかけてくれた。

「お約束ですね」

「先生のご準備が整いましたらお声がけください」

そうしていつもの壁際に移動し、進行表を取り出す。

ほとんどそらで言えるのだが、段取りを眺めていると、今日までの気忙しさが多少なりともやわらいだ。

豊島医師の言う想像力をフルに働かせ、央樹さんの協力を得てこぎつけたシンポジウムが、ようやく開催できる。開業医、大学病院・地域基幹病院の両方から、地域の医療連携について議論できる場を設けようと一歩踏み出すと、追い風が吹くように、物事は動きはじめた。地域の重鎮開業医がパネリストを引き受けてくれ、老舗コンベンション施設の一室が奇跡的に確保でき、短い準備期間にもかかわらず、充分に環境をととのえられた。

極めつきは、豊島医師だった。企画書を受付に預けた翌日、面会してもらえ、パネリスト登壇を約束してくれた。外来診察が終わり次第、車で会場入りする段取りも、頭に叩き込んである。

あとは、実行のみだ。

「あ！　カブトムシのおじちゃん！」

はしゃいだ声に顔をあげると、この間の子どもが、父親らしきひとの手を引いて、駆け寄ってきた。父親は丁寧にカブトムシの礼を言い、病院の予約のたびに子どもがついてきたがると話した。

「あなたにまた会ったら、クワガタをつくってもらいたいと言って」

子どものまなざしが、やっぱりまぶしい。期待に応えたいが、持っているのは今日の進行表しかない。

――もう、何度も読んだし。頭にも入っているし。

自分に言い聞かせ、資料を破り、クワガタをつくりはじめると、受付スタッフが近寄ってきた。カブトムシのときに見て、興味を持ったのだという。

「今度私たちにも教えてもらえませんか？」

総合受付や小児科、デイケアのスタッフなどにも声をかけたいと言って、彼女は子どもの隣に立ち、俺の手元をのぞきこむ。

半分ほどつくったところで、受付スタッフの院内ＰＨＳが振動した。

「豊島先生からです」

子どもにクワガタを預け、受け取ったＰＨＳからは、荒い息遣いが聞こえた。走ってでもいるかのようだ。端的に用件を告げ、電話はすぐ切れた。

にわかに忙しくなった外来へ、スタッフが小走りに戻っていく。

あせりを含んだ豊島医師の声が耳に何度も繰り返される。

《申し訳ない。行けなくなりました》

今、急患に対応できるのが自分しかいないと、ひと息に話していた。

医師が患者を優先するのは当然のことだ。

そこに異存はない。しかし。空いた穴を、どうやって埋めたものか。

鞄の中を探ってみたが、触れるのは財布とスマホばかり。ヒントが見つかるはずもなく、頭の中を無数のカブトムシやクワガタが飛び交うようで、考えがまとまらない。まさか折り紙教室というわけにもいかない。

子どもの父親は、つくりかけのクワガタを子どもから取りあげると、進行表に目を通した。

「今日これからですよね、この催し。もしかして、トラブルでも？」

「登壇者が一人、来られなくなって」

「私、なにか、お役に立てませんか」

「もしかして医療関係者の方ですか？」

すがるような思いで父親を見ると、彼は肩をすくめて首を振った。

「ジャズミュージシャンです」

気持ちはありがたい。

だがそれでは、シンポジウムの穴はどうにもならない。

俺がなにを言いたいのか、察したのだろう。

「会場のこの施設、ロビーに古いオルガンが飾ってあるはずなんですよ。少し前に修復してましたから。つまり、たとえば別の誰かがいらっしゃるまで、少しの間を持たせることは、私にもできるんじゃないかと思うんです」

父親は、カブトムシの礼だと言い、息子とよく似たきらきらした瞳で、俺を見つめた。

別の誰か。思い浮かぶのは、ただ一人しかいなかった。

たった二コールで、紅谷医師は電話に出た。

《久しぶり》

「紅谷先生、今、病院ですか」

《いや、駒込《こまごめ》。うまいカツサンドがあるって聞いて》

オフだ。目に見えないなにかに、感謝を捧げたくなった。駒込からの移動なら多く見積もっても四十分ほどだろうか。少し間を持たせられれば、そう遅れずに会をはじめられる。

「『なにかあったら声かけて』と言ってくださったこと、まだお願いできますか？」

大股でロビーに入ってきた紅谷医師は、俺を見つけると、仔犬のような笑みを浮かべた。歩きながらショートコートを脱ぎ、パン屋の袋を俺の手にのせる。

「君の分。うまいよこれ。悪いけどそのジャケット貸して」

てきぱきと赤いセーターの上に、俺のジャケットを羽織る。

小気味のいいジャズがかすかに届く。会場へ運んだオルガンを、あの子どもの父親が演奏してくれている。

「いい音だね。オルガンかな」

「ええ。旧式のオルガンです。音もどこかなつかしいですよね」

古いオルガンにしか出せない音というのがあるそうだ。

新しい楽器はあまたあるが、電子で再現した音ではなく、アナログ特有の音色に惹かれて、愛好するひとも多いという。この施設の古いオルガンは使われなくなって久しかったが、数年前に修復され、もとの音を取り戻したのだそうだ。手がけたのは、浜松の、タブノキ工房。父だった。

紅谷医師はうれしそうに目を細める。

「英語では臓器のことをorganというね。楽器のオルガンも、臓器も、複数のものが互いに関わり合うイメージは同じだ。それは僕らも同じ。互いに向き合い、連携して、それぞれの力を補い合う」

という話を、挨拶にしようと思うが我ながらいい、と紅谷医師は悦に入る。一歩ごとにオルガンの音が近づいてくる。

「ところで奥多摩は楽しめた？」

「楽しむ余裕なんてなかったです。先生がよろこぶような写真を撮るのに必死でした」

「もったいない。せっかく君のために頼んだのに」

「先生が、紅葉を見たいから、だったのでは」

俺は耳を疑った。紅谷医師は、さもおかしそうに声を立てて笑う。

「そうでも言わないと、君、進んで息抜きなんてしないでしょう」

あれは、業者扱いして、手のひらを返したわけでは、なかったのか。

「僕も経験あるけど、新しい環境に身を置くのは、体も心も緊張すること。そういうときこそ、ちょっとでも自然の中に身を置いてみるのがいいんだ。あのときたまたま目に入った、誰かの受け売りだけど」

むしろ、俺を気遣ってくれていたことに、不意に目頭が熱くなる。

扉を開くと、オルガンのゆらぐような音が、響き渡った。


シンポジウムは、演奏で幕を開けたためか、リラックスした雰囲気に包まれ、議論も活発に行われた。

急遽登壇してくれた紅谷医師と開業医とのパネルディスカッションは、地域こそ違えど共通する課題も多く、参加した医師や医療関係者たちにも好評を博した。

ささやかな打ちあげのつもりで誘った、うしろむき夕食店の雰囲気を、央樹さんは気に入ってくれたようだ。

「所長から売上に直接つながるわけじゃないと反対されたときはどうしようかと思いましたけど、央樹さんの援護のおかげで、実現できました。ありがとうございました」

「あれは見ものだった。宗生が所長に反論するとは思わなかった」

営業力は人間力だ、と反論した。ものを売るだけが仕事じゃない。

ひとの魅力が互いを結び合わせ、ものともの、考えと考えを結びつける。互いに向き合い、踏み出した先の未来が、少しでもよいものであるように。それを考える場所を提供することは、わが社だけでなく、世の中にとってよいことのはずだ、と。

結果として、それは営業活動にもつながった。シンポジウムに訪れた医師たちから横のつながりができて、新規開拓できたところもあった。

「芸は身を助くっていうけど、宗生の折り紙、役立ったよな。親父さんに感謝だな」

「今度帰るときは、酒でも持参して、乾杯します」

まさか仕事に役立つとは思わなかったが、頼まれた折り紙教室を通じて院内スタッフに顔見知りが増え、訪れる診療科も増えた。豊島医師をはじめ、医師と話せるときには、自社製品の売込みより、患者さんに必要なケアを優先して他社製品もおすすめした。それがかえって信頼されたらしい。話を聞いてもらえる機会も増え、製品採用につながった。おかげで、長らく達成できないと言われていた売上目標にも、奇跡的に手が届いた。

それになにより、また紅谷医師と、関われるようになった。

ひととひとの間には、距離がある。

くっつきすぎるのでもなく、離れすぎるのでもなく、ほどよい距離があるからこそ、きっと互いに響き合うことができる。

できることならその空間は、対話と小さな笑みで満たしていきたい。

限られた材料から工夫次第で多様なものが生まれるように、その先に誰かのよろこびを思い描いて、手をつなぎ合えたらいい。

希乃香さんが瓶ビールを運んできてくれる。

俺たちは、冷えたグラスにビールを注ぎ、掲げ合った。

「乾杯！」

三の皿

縁談きながにビーフシチュー

店を出たら、並木台駅を挟んで反対側の、北口へ。

いちょう並木のゆるい坂をのぼって、突き当たるちょっと手前で立ち止まる。

――――を左。

「ちょちょちょ、ちょっと待ってよ」

およそ道案内とは思えない単語が聞こえて、留守電に向かって話しかけてしまった。再生し直しても、央樹からの録音メッセージは同じ言葉を繰り返す。

「大根、ねぎ、緑の葉っぱ、って聞こえる。道案内の目印らしくないよね？」

隣を歩く香凜《かりん》ちゃんが笑うと、白い息が空気に溶けた。並木道は黄色い葉に埋もれ、立ち並ぶいちょうの木々は少しばかり葉の残った枝を、寒空に伸ばしている。ダウンジャケットのポケットを探って、かじかむ手に、ハンドクリームをすりこんだ。

今日は満月だと聞いたのに、雲の流れがほとんど月を覆い隠している。

「植物が一番貴璃《きり》ちゃんの目にとまりやすいからじゃない？」

そう言われれば、そうかもしれない。物心つく前から言い続けたように、私は父の花屋で働いている。

植物好きが高じて店を開いた父は、娘たちの名も、樹木にあやかって名づけた。そのためかすくすく育ったものの、伸びすぎた背はひとに圧迫感を与えるらしい。先週末の和可子《わかこ》さんの怯えたような表情を思い出すと、視線はついつい下を向く。乾いた枯葉が靴の下で音を立てて砕けた。


店と自宅のある並木台南口界隈は、猫の通る細い裏道までくまなく知っているものの、北口の、しかもこんなに離れた場所には今まで来たことがない。小中学校の学区は駅を境に分かれていたし、辛うじて知っていた駅周辺のお店も今はなく、大型の商業施設に姿を変えた。

「もしかして、あれじゃない？」

香凜ちゃんの視線の先に、ロッカーの扉からあふれ出る、青い葉っぱがあった。

近寄ってみると白く大きなロッカーの側面には、産直自動販売機、と書かれていた。もさもさと勢いよく茂った青い葉の先には立派な大根が横たわっている。香凜ちゃんは、その勢いよく広がった大根の葉を、私の髪みたいだと笑った。頭頂で結んだ癖毛の髪は、腰にかけてあんな風に広がって、央樹には、竹ぼうきみたいだとからかわれる。

自販機では大根の他にも、ねぎやほうれんそうが良心的な値段で売られていた。安いわぁ、と嬉々として小銭入れを取り出す香凜ちゃんを、帰りにしようと説得し、先を急いだ。

央樹に教わった、うしろむき夕食店というお店は、お酒がおいしいらしい。

今度行こうと話したままになっていたのを、香凜ちゃんに飲みに誘われて思い出した。

「角を曲がったら、右、左、右、だったよね」

ロッカーの手前の角を曲がり、どこかの家のカレーの香りが漂う路地を進むと、行き止まりにぶつかった。あたりをやみくもに歩き回っても、シャッターの閉まった元商店や、住宅の入り交じる路地に、営業中のお店らしき場所は見当たらない。

「貴璃ちゃん、今日は定休日なのかもよ。諦めて大根買って帰ろっか」

コートのポケットから出した手に息を吹きかけて、香凜ちゃんが踵を返す。

そのとき、雲がすっと晴れた。

満月に照らされて、十数歩ほど先の路地で、なにかが一瞬、金色に光った気がした。

野良猫か、迷子犬か、あるいはこのあたりでもときどき聞く、タヌキ？

瞬く間に通りすぎたそれがなにかは、わからなかった。

だけど、上下に弾むように歩く、楽しげな雰囲気にこちらもうずうずする。

「香凜ちゃん、あそこの路地だけ見てみない？」

あの楽しげななにかが消えた角を曲がると、やわらかな色彩の絵が目に入り、思わず声をあげた。

洋館の扉に嵌め込まれたきれいなステンドグラスが、足元に色とりどりの光をこぼす。

ここに違いない。央樹が言っていたとおり、レトロという表現がぴったりの場所を、私は一目で気に入ってしまった。

水仙《すいせん》、福寿草《ふくじゅそう》、蓮華《れんげ》に菖蒲《しょうぶ》、鬼灯《ほおずき》、桔梗《ききょう》、萩《はぎ》と菊。

ステンドグラスに描かれた四季折々の草花が、のびやかに咲き誇る。見ているこちらの口元がゆるんでしまうような、気持ちのいい晴れた野原の風景だ。

ふと思い出して見渡してみたものの、あの上機嫌ななにかは、もう見当たらなかった。

鈍く光る金色の取っ手に触れたとき、内側から扉が開いた。

軽やかな鈴の音が、りりん、と響き渡る。

「お帰りなさい！　お二人さまですね」

ヒヤシンス柄の着物の店員さんが、明るい笑顔で、迎えてくれた。

「乾杯！」

グラスを満たすのは、うれしさと楽しみの交わる香り。

鮮麗な赤いワインは、積み重ねた一日の時間をまるごと労ってくれるみたい。ひとくち含むと、甘みと酸味と渋みがうつろいながら舌を転がって、儚く消えた。

お通しの、おだしをたっぷり含んだふろふき大根は、香凜ちゃんの白のスパークリングにも、私の軽めの赤にも、するりと寄り添った。料理との相性もいいのだろうけど、あの若い店員さんのお酒のセンスが、私たちの好みにもぴったり合うみたい。

種類豊富なお酒とお料理はもちろんのこと、ふんわり柚子の香るおしぼりや、メニューを綴る文字の柳を思わせるしなやかさに、私たちはすっかり心をつかまれてしまった。

疲れた体をゆったり受け止めてくれるソファのやわらかさや、紅茶みたいな赤茶色に磨かれたつやのあるテーブル。お店のすみずみにまで、気持ちが通っているのがわかる。カウンターで料理をつくるオーナーらしき年配の女性も、墨色の着物をきりりと着こなす姿が粋だ。

ここは少し昔の、なつかしい時代を思い出すようなお店だから、うしろむき夕食店と呼ばれていると聞いた。どこもかしこもぴかぴかに磨きあげられているのに、こちらの背筋を無理に正すところのない、懐の深そうなお店に思えた。

「改めて、貴璃ちゃん、結婚おめでとう」

「ありがとう」

私たちはまたグラスを軽く合わせた。

先週末に区役所に婚姻届を出し、私と央樹は、家族になった。つきあって一年の記念日に籍を入れたけど、今はしばしの別居婚生活を送っている。花屋の繁忙期である年末年始をすぎたら、央樹の実家に引っ越して、彼のお母さんとも同居する。

「結婚だけが人生のしあわせってわけじゃないけど、一緒に歩くひとがいるのは心強いものだよ。ほんと、おめでとう」

そう言う香凛ちゃんは、一人で歩くと決めて、半年前に娘と一緒に実家に戻ってきた。

結婚は、難儀なものだという。

暮らし方には、そのひとのこれまでの人生がにじみ出てくるから、お互いの違いに目が向きやすくなる。結婚は、その違いとの距離の取り方を学ぶ修業の場だと、グラスを干しながら、香凛ちゃんは力説した。

「ま、なにかあればいつでも相談にのるよ」

「ありがとう。さっそく相談したいんだ。売られた喧嘩に勝つにはどうしたらいい?」

「結婚の話じゃないの?」

香凛ちゃんが思いきりむせて、咳き込んだ。

「結婚の話だよ。勝たなきゃいけないの。和可子さん、つまり央樹のお母さんに」

月見が岡にある、央樹の家をはじめて訪れたのは、婚姻届を出した日だった。挨拶に行く約束は何度か流れ、とうとう入籍の日になった。

央樹が製薬会社に就職してすぐお父さんは他界し、二人きりの家族だと聞いた。どこにでもいるふつうのおばさんだよと央樹は謙遜するけど、オレンジ色が好きだというそのひとは、きっと明るくて華やかで、央樹みたいに社交的な、すてきなひとなのだろうと想像した。なにせ、我が家に来るなりすぐ両親と打ち解けて、父と二人で飲みに出かけるような央樹を、産み育てたひとなのだ。

だから、まさか喧嘩を売られることになろうとは、想像もしなかった。

「なんでまたそんなことに」

香凜ちゃんが両眉をぐっと寄せる。なぜなのか私にもわからない。わかっているのは、売られた喧嘩は買うしかない、ということだけ。

「やっぱり家事力を今から磨くしかないかな。女子力も敵わなそうなんだよ。腕力なら力仕事やってる分、自信あるけど」

貴璃ちゃんは負けず嫌いだからなあ、と香凜ちゃんが腕組みをした。

「同居するんでしょ？　なら央樹くんを取り込んだ方が勝つに決まってるんだから、変に決着つけない方が平和だよ。真っ向から向き合おうとしないで、おいしく飲んで食べて、気分転換してやりすごしなよ」

いっそボトルで飲もう、おつまみもたっぷり食べよう、会計は任せなさいと香凜ちゃんは気前よく言って、メニューを吟味しはじめた。

もう喧嘩を買っちゃったんだよ、と話しても、はいはいといなされるばかりだ。

「なんだか勇ましいのがいると思ったら、フローリスト千賀のやかまし娘たちか」

「あれ、八百禅さん！」

店に入ってきたもみあげの目立つひとは、移動販売の八百屋、八百禅さんだった。昔お店があった場所には最近商業施設が建った。八百禅さんは父と親しくて、よく店で植物談義に花を咲かせている。野菜の話を聞きつけると、レゲエが流れる愛車の軽トラックで、全国どこへでも飛んで行き「もみあげ日誌」と称したウェブに記録を書いている。ひろびろとした野菜畑や、滅多に見ることのない野菜の花の写真には、心がのびやかになる気がする。

八百禅さんが座るカウンター席に挨拶に行くと、店員さんたちを紹介してくれた。お料理をつくるのは店の主の志満さん、接客係を務める希乃香さんはお孫さんだそうだ。

「大根、食べた？　うまかったろ？　今年のはすこぶるおいしいよ」

さきほどのふろふき大根は、八百禅さんが仕入れたばかりの、三浦大根でつくったという。

来る途中の自販機は八百禅さんの販売所で、同じものを売っているらしい。帰りに絶対買います、と香凛ちゃんが力んでいた。

「大根てね、生で食べるとそれぞれ味が違うんだよ。畑の味、土の味で違う」

八百禅さんの目の前に、志満さんが、スライスした生大根を差し出した。ワインのおつまみにするのだという。ワインに、生大根。珍しいおつまみだ。

「花屋さんには並ばないけど、大根の花もきれいでね。春に、菜の花に似た白い花が咲くんだよ」

希乃香さんが頷き、声に力を込めて、言った。

「そうか、お野菜にもお花は咲くんですよね。普段は意識しないけど、お花が咲くから、お野菜や種ができるんですものね」

なんだかうれしくなってしまい、私もちょっと熱くなる。

「ええ、花屋にあるものだけが、お花じゃないです。八百禅さんのもみあげ日誌で見ましたけど、ごぼうの花はアザミにそっくりだし、ねぎの花、ねぎ坊主はアリウムっていうまんまるのボールみたいな花によく似てますし。私いつも、自然保護園にそういう花壇をつくったらいいのにって思うんですよ。ミニ動物園に隣接するあたりなんて、ちょうどいいと思うんだけど」

八百禅さんが、やっぱり千賀さんの娘だ、と笑った。父も植物の話となると熱くなる。

「でもすぐに食害に遭いそうだよ、イノシシとか、サルとかいるし」

なにを植えようかと勝手に盛りあがる八百禅さんと私に、香凜ちゃんがやんわり意見する。

自然保護園のミニ動物園にはカモシカやキツネ、タヌキ、イノシシ、サル、ヤギなど、かつて身近にいた動物たちが暮らしている。むかごを植えてほしいと力説する希乃香さんは、真っ先に食べられると指摘されて肩を落とし、私たちは架空の花壇に思いを馳せて、笑いさざめいた。


「さ、お料理ができますよ」

志満さんに促され席に戻ると、希乃香さんがおいしそうな香りを振りまくおつまみを運んできてくれた。

炙ったタコとカマンベールチーズ、オリーブをピックで刺したピンチョスに、にんにくと一緒に炒めた焼きブロッコリー。それに、アンチョビバタートースト。

希乃香さんおすすめの辛口の白ワインをグラスに注ぎ、ピンチョスをひとかじりする。

オリーブとチーズの独特の香りと塩気がワインに合うのはもちろん、弾力のあるタコとの、食感と味わいのバランスがたまらない。炒めたブロッコリーはコリコリとして、にんにくの香りが食欲をそそる。色よくカリカリに焼きあがったバゲットには、アンチョビの癖のある香りがしみこみ、ワインが止まらなくなる。

心地よい酔いにおしゃべりも弾み、香凜ちゃんの新しい恋の話をしたり、骨董市に出る香凜ちゃんの知り合いからのお花の相談を引き受けたりして、いつもよりゆっくり話せている気がした。この、くつろいだ雰囲気のおかげだと思う。

おいしい料理はワインを進ませ、おいしいワインは料理を進ませる。

すっかり機嫌もよくなり、和可子さんのことも、うっすら忘れかけていた頃。希乃香さんが、お皿を携えてきた。

「こちら、禅ちゃんから、よければワインにどうぞ、と」

半月状にスライスした生大根に、バターが添えてあった。大根には軽く塩を振ってあるそうで、バターを挟むのが、志満さんのおすすめだという。見れば、八百禅さんは得意げに片手をあげている。

「生の大根に、バター？」

はじめての組み合わせに手を伸ばすのは、少しの勇気がいる。希乃香さんがお盆で顔を隠しながら、囁いた。

「もしお口に合わなくても、大丈夫。ひとってはじめて出逢う味は、おいしくないって感じるものらしいです」

おそるおそる手を伸ばしてみると、ぱりぱりした大根の辛みとほのかな甘みにバターの塩気とコクが加わって、知っているはずなのに、知らない味が広がった。

ワインにも意外なほどよく合った。

八百禅さんの得意顔に、私たちは心もお腹もたっぷり満たされて、店をあとにした。

希乃香さんの明るい声に送られて外に出ると、ちょうど真上に、きれいな満月が浮かんでいた。

「いってらっしゃい。明日もいいお日和になりますように」

*

たいていの悩みごとは、花の世話をしているうちに、どこかへ消えていく。

花屋の仕事は、外から見ると、花の仕入れや花束づくりと、きれいなところばかりが目立つ。だけどそれはほんの一部分で、大半はきれいに保つための地味なお世話。

すこやかに咲く花を維持するためには、相応の努力が必要になる。花のために店はいつもひんやりとして、底冷えがする。鉢物の土や泥、ときには虫の相手だってしなくてはいけない。水替えや洗浄に、冬だろうとふんだんに使う水は冷たくて、手がかさつくし、ひび割れもする。

きれいに手入れしたネイルだってすぐに剝がれ、手荒れに悩まされ、専門学校時代の仲間とは、使い勝手のいいハンドクリームの情報交換ばかりが盛りあがる。もっとも中には、花屋に就職したものの続かずに、他の仕事に鞍替えしたひともいる。

どんな仕事にだって、合う合わないがあるし、見るのとやるのとでは大違いだ。

そしてそれを私は今、家事について、痛感していた。

「なにこれ。なんでこんな、大変なの。しかも毎日とかって」

ありえない、と言いつつ、香凜ちゃん親子と私たち五人分の洗濯物を色柄でより分けて、山をつくる。それだけでも、大きなため息がこぼれた。母はそれを見て苦笑する。

「央樹くんも協力してくれるって言ってるんでしょ？　二人でだんだんペースをつかめばいいじゃない」

「それはそうなんだけど」

私ばかりがやるわけじゃなくても、まったくできないというわけにもいかない。

さっきは、洗濯かごの中身をすべて洗濯機に入れようとして、止められた。洗濯とは、洗濯物と洗剤を入れて、ボタンを押す作業だと思っていた。分別、洗い方、ものによっては干す場所も選ぶ、複雑で煩雑な作業が日々繰り返されていたなんて。呆れ顔の母の指導のもと、先に洗い終えたタオルをかごに移して、一山を洗濯機に放り込む。

「学校の家庭科でも習うはずでしょ？」

「テストのときは覚えたはずなんだけど」

テスト、と鼻で笑う母は、私の倍の速度でタオルを干していく。

これだけでも丸一日がたちまちすぎてしまいそうなのに、掃除や料理、なにより仕事が他にあるわけだ。軽くめまいを覚える私に、これでも楽になったのよ、と母は言う。嫁いできた頃は二層式洗濯機で、もっと手間暇かかったという。

暮らす、って、大変なことだ。

世の家事に携わるすべてのひとたちに、心から敬意を抱かずにいられない。

母に家事を教わるうちに、後悔はむくむくと頭をもたげてくる。

貴璃ちゃんは負けず嫌いだから、と香凜ちゃんにいつも言われる。今更嘆いても仕方なくて、肚をくくって、取り組むしかないのだけど。

あの入籍の日を思い返すと、ため息がこぼれた。

私たちは、あっけなく、家族になった。

大晦日から元旦になっても、目の前に見える世界がなにも変わらないのと同じように、婚姻届の提出前後も世界はなにも変わらない気がした。どこか現実感がなくて、浮き立つというより落ち着かないのは、着慣れない服のせいかもしれない。ざくろのような赤い色も、ワンピースも、普段は着ない。慣れないためか足元がすかすかして、心もとなかった。

一か月前に結婚の話が出て、物事があっという間に進んでいった。央樹のお母さんへの挨拶は央樹の仕事やお母さんの用事で遅れていた。それでも、よろこんでいるから大丈夫と聞かされれば、疑うこともなくそれを信じた。

届を出した区役所そばの洋菓子店で央樹はケーキを買い、私は花束を抱えて、瀟洒なマンションにある榎本家のドアをくぐった。

玄関横の飾り棚には、たくさんの写真立てが並んでいた。逢ったことのない幼い央樹にも、面影があって、頬がゆるむ。高校時代のなつかしいスナップには、私も写っていた。並ぶとほとんど背が同じなのはあの頃と変わらないものの、こんな未来が待っているなんて思いもしなかった。

時間が積み重なり、不思議なめぐりあわせで今日につながったんだと感慨深かった。

央樹の家族の歴史と、私の歴史が結び合わされて、新しい日々がはじまるのだ。

「あなたが、貴璃さんね」

廊下の向こうに立つそのひとは、想像したように華やかでおしゃれで、すてきだった。

肩で切り揃えたボブは内巻きにセットされ、胸元に大きなリボンを結んだ白いブラウスに、やわらかな光沢がゆれる。微笑みをたたえる薄い唇には赤い口紅が映え、低めの声は、シャンソンでも歌わせたら似合いそうな、独特のつやがあった。

きりっとした眉と細い鼻筋が、央樹とよく似ていた。

駆け寄ると、小柄な彼女は私を見あげて、半歩ほどあとずさったかに見えた。

「はじめまして、お母さん」

オレンジ色の花束を差し出すと、彼女はやんわり拒んだ。

「和可子というの。そう呼んでくださる？」

好きだと聞いたオレンジを基調に、華やかなひとに似合うように、白、黄色、黄緑で両腕に抱えるほどの花束をまとめた。でも和可子さんは、片方の眉をあげて、困ったように言った。

「あなたのお好みかしら。若い方がお好きな感じのお色ね。なんていうか、元気が有り余っている感じ」

和可子さんの視線は、私の服から、髪、そして頭のてっぺんに遡っていった。

見渡してみれば榎本家のインテリアは、落ち着いたローズピンクばかりが目につき、唯一見つかったオレンジ色は、食卓の中央に置かれた鋳物のお鍋くらい。たぶん好みが違ったのだ。

視線で助けを求めても央樹はまるで気づかずに、食卓に並ぶ料理に声を弾ませている。そこはかとなく、波乱の気配がした。

食卓には、たくさんのお料理が並んでいた。ゆで卵やいくらを散らしたグリーンサラダ、スモークサーモンのマリネ、それにカッティングボードの上に用意されたチーズ。オレンジ色の鍋の中には、カニが三杯。

ロゼのスパークリングワインで乾杯をして、央樹の好きな食べ物の話や、和可子さんの普段の暮らしぶりを聞いた。水彩画教室や美術鑑賞倶楽部、なつかしの映画を観る会、水中ウォーキングに市民合唱団と、和可子さんは複数の市民サークルに参加して、日々忙しくすごしているのだそうだ。央樹の社交性は、やっぱり和可子さん譲りなのだろう。

「お花屋さんなんですってね。どんな優雅な方かと、楽しみにしていたの」

ことさらに、優雅、という言葉を強調して、和可子さんは言った。花束はリビングの端にぽつねんと飾られ、楽しみ、という言葉が上滑りして響いた。きれいなお料理はどれも、きっとおいしいのだろうけど、緊張のせいか、味がよくわからない。

「いいわね。毎日お花に囲まれる、きれいで、すてきなお仕事で」

「花屋って、きれいなばかりじゃないですよ。体力仕事なんです。水とか泥とかぬめぬめと戦うのが大半ですから。央樹よりも腕力あるかもしれないです」

心なしか視線が険しくなった気がした。

呼び捨てなのね、と言われて、はっとする。私はそんなふうに呼んだことなかったわ、と言われると、和可子さんと私の間に、くっきりと線を引かれたような気がして、腰のあたりがぴりぴりと落ち着かなくなる。

変な緊張感のせいか、飲んでもあまり酔わず、のどがひどく渇いた。気づくとグラスが空になっていて、その都度、央樹が注ぎ足してくれる。

ずいぶん召しあがるのね、という和可子さんの笑顔は、目が笑っていなかった。

「私たちの頃とは、いろいろなことが違うようだわ」

央樹よりもお強いみたい、と言われて、慌ててワインをすすめたものの、和可子さんはワイングラスを央樹の方へ押しやった。

「私、お酒はいただかないの。たぶん飲めないわ。主人もあまりお酒が強くなかったから、二人で洋菓子を食べるのが楽しみだったのよ」

ケーキの箱に手をかけ、ひときわ地味なお菓子を取り出した。

「妻はいつも夫より一歩下がって控えめに、って言うでしょう。だから私はいつもこれ」

一歩下がって控えめに、というところで、和可子さんは私をちらりと見た。このひととうまくやっていけるのだろうかと、不安がよぎった。

サヴァラン、という洋菓子らしい。

透明なカップに入ったそれは、リング状の茶色い生地の真ん中に、白いクリームがしぼられた、シンプルなお菓子だった。店によってはクリームやフルーツを飾ったものなどもあるらしいけど、他の華やかなケーキに比べれば、素朴な姿らしい。

よほど気に入っているのか、シロップがしみているのが味わい深い、こんなにときめくような香りのお菓子は他にない、とほめちぎって、うっとり目を細めた。

「恋の味とでも言うのかしら。ただの恋ではないわ、一世一代のロマンスみたいな、とびきりの恋よ。あなたたちも籍を入れるのでしょう。その頃にはわかるかもしれないわね」

胸に手を当てて、うっとり微笑む和可子さんに、央樹が告げた。

「もう入れたんだ」

「どういうことかしら」

和可子さんの低く尖った声が、空気を凍りつかせた。

「さっき出してきたんだ、婚姻届。今日が記念日だから。貴璃はもう家族だよ」

「私に、相談もなく……？」

和可子さんの声が震えている。

「相談しただろ、籍入れるって。母さん、いいわねって言ってたろ」

「こんなに早いなんて聞いてないわ！　だってついこの間の話じゃない」

「時期なんて早くても遅くても、大して変わらないよ。書類出すだけなんだし。もうちょっと早く逢わせたかったけど、仕方ないだろ。俺も母さんも用事があったんだから」

それはそうだけど、と言葉を濁しつつも、和可子さんは少しも納得していないようだ。央樹が話したという感覚と、和可子さんがそう受け取る感覚には、ズレがあるらしい。そこは私が来る前にきちんと話し合っておいてほしかった。もう、遅いのだけど。式は、挨拶は、と和可子さんは声をうわずらせていく。

「そういうのはゆっくり考えるし、相談もちゃんとするよ。少なくとも、貴璃が引っ越してきてから。年末年始にかけて花屋さんは忙しいんだ、それが一段落してから」

和可子さんは、自分で自分を抱きしめるように、腕を組んだ。

「貴璃さんのお仕事が優先なの？　妻たるもの、夫の仕事に支障なきように、一歩下がって万事取り計らい、きちんと暮らしを守るのが務めでしょう？」

常に一歩控える。夫を立てる。夫や家族の健康を第一に考えて暮らしをととのえる。和可子さんは、顔を真っ赤にして、矢継ぎ早に「嫁の心得」を説いた。

そのたびに、澱のようなものが胸に溜まっていく。それは、以前は当たり前だった考え方かもしれないけど、今や教科書やＣＭだってこれだけ声高に、もう違う、と発信しているのに。

「母さん、もうそういう時代じゃないから。今は互いに協力し合うのが一般的だよ」

「いくら世の中が変わっても、大切なことは変わらないものだわ」

和可子さんは不愉快さを隠そうともせず、私に向き直った。

「貴璃さん、あなたご自身は、どうお考えになるの。お仕事を続けるにしても、央樹を最優先にしてくださるのよね？」

和可子さんの顔が険しくなっていく。その不機嫌に引きずり込まれないように、息を大きく吸い込んだ。

「それはちょっと難しいです。市場が早いので、だいたい央樹より先に出勤します。帰りも、央樹より遅いときも、あると思います」

「家事は俺も協力するつもりだし、そう話し合ってるんだよ」

家を守るのは妻の務めだわ、とぴしゃりと言い放って、和可子さんは泣いているような怒っているような顔で、私たちを交互に見た。

どうして、そこで線引きをするのだろう。

夫だとか妻だとか、それ以前にひととひとの結びつきであるはずなのに。協力し合うことのなにがそんなにいけないのか、私にはわからない。そんな線引きは、ただの窮屈な、足枷に思える。

「家を守らない嫁などもってのほか。央樹がたとえ許しても、榎本家の名にかけて私が認めませんよ。家事はできないわけじゃないでしょう？　とくとお手並み拝見させていただくわ」

あまりに威圧的なさまにかちんときて、わかりましたと答えてしまい、引っ込みがつかなくなった。


素直にやったことがないと言えたら、今頃違う未来に立っていたかもしれない。

生きる、っていうことは、無数の選択肢から、常になにかを選び取ることなんだろう。大事にしたいのは、選ばなかった未来じゃなくて、選んだ道を望む未来につなげるための、一歩だ。

商店街のおばちゃんたちを見る限り、ああいう手合いは、同じ土俵に立つところからはじめないと、こちらの言い分には耳を貸してくれない。和可子さんの言う「家を守ること」が家事なのなら、それをやり遂げてから、以前の当たり前と今のそれは違うとわかってもらうのが一番いい。

とはいえ、ただでさえ多忙なこの時期に、家事を身につけるのは並大抵のことではなくて、あっという間に日々はすぎ去っていった。

香凜ちゃんの知り合いのアンティークショップのひとと打ち合わせた帰り、商店街のケーキ屋さんをのぞいてみた。ショーケースにサヴァランはなかった。気になって、お店のひとにたずねると、別のお菓子をすすめられ、サヴァランというのはフランスの美食家の名前にちなんだものであることなどを、あれこれ教えてくれた。

店を出た瞬間。

道路の向かい側で、けたたましい金属音とともに、自転車がドミノのように倒れていった。スーパーマーケット前の自転車が、みるみるなぎ倒されていく。その端に、半ば呆然と立ち尽くしている着物姿のひとを見つけ、慌てて駆け寄った。

うしろむき夕食店の希乃香さんだった。

二人で自転車をせっせと起こし、しばらくすると、反対側の端からも、がしゃんがしゃんと音が聞こえた。視線を向けた先に、央樹がいた。


「変わらないね。ここ」

央樹が、赤いギンガムチェックのテーブルクロスをなでる。

南口商店街の老舗洋食店・オクラ座は、いつものように満席だった。

シェフの星野さんは髪が白くなってきたけど、今も変わらず、恰幅のいい体で力強く鉄のフライパンを振るい、奥さんの好美さんが笑顔で注文を取る。

安くてボリュームがあり、ごはんがおかわりできるとあって、昔も今も学生の姿が多い。今日も制服姿の高校生らしき学生たちや大学生、サラリーマンらが、席を埋めている。

リクエストに応えるうちに増えたメニューは写真を入れるとアルバム一冊分にふくれあがり、眺めるだけでも時間がかかる。二冊しかないメニューはいつも順番待ちで、せっかちな客たちは日替わりを注文するのが、いつからかこの店特有のならわしになった。

今もメニューを手にしたサラリーマンが選ぶのを諦めたのか日替わりと叫び、学生たちの一団にメニューが手渡された。もうひとつのメニューはカウンターに座る中年男性がさきほどから熱心に見入っている。

央樹と逢うのは、入籍の日以来、ほぼ二週間ぶりだった。メッセージアプリや電話で連絡を取っているものの、こうして顔を見られると、やっぱりほっとする。

「掃除と洗濯はなんとかなりそうだけど、料理が難しいよ。あれは経験が必要。付け焼刃じゃ太刀打ちできなそう。和可子さんに、もってのほか、って言われそうだよ」

「あんまり無理するなよ、俺もなるべく家事するし。それにさっき希乃香さんにも、いいこと教わったろ」

一区画分の自転車をドミノ倒しにした希乃香さんは、財布を落としたのがそもそもの不幸のはじまりだったらしい。下ばかり見て歩いていて、自転車に気づかず、ぶつかったのだそうだ。見る間に倒れた自転車は、五十台はあったと思う。結局財布も見つからなかったのに、希乃香さんは律儀なひとらしくて、お礼をしたいと言い張った。それに甘えて、料理を格上げする魔法を、教えてもらった。志満さんから料理の手ほどきを受けているという希乃香さんは、丁寧に教えてくれたばかりか、なにかあったらいつでも相談にのると、頼もしい言葉までかけてくれた。

メニューはまだ回ってこない。

カウンターに座るおじさんは、まだ迷っているらしい。店内は暖房が効いているのに茶色いジャンパーを脱ぎもせず、帽子やサングラス、マスクすらはずさずに、せわしくページをめくっている。丸めた背には、肉まんのような柄が描かれていた。その珍しい柄を、前にどこかで見たような気がした。

結局、学生たちの方が先に注文を決め、ようやく私たちにメニューが回ってきた。

「俺、ビーフシチューにする。家じゃ出てこないから」

「そうなの？　和可子さんお料理上手で、なんでもつくりそうなのに」

「昔はよくつくってたんだけどね」

和可子さんがサークルに参加し出したのは、お父さん亡きあとかららしい。少しずつ、増えたという。寂しいんじゃないかな、と央樹は言う。だから、貴璃が来て、家族が増えたらよろこぶよ、と。先日のようすからは、とてもそうは思えないけど。

書類上は、私たちは、家族になった。でも実感はまだない。家族と心から感じるのは、どんなときなのだろう。それが自然と生まれるものなのか、努力してつくりあげるものなのかも、想像がつかない。

やがて、ビーフシチューとクリームコロッケが運ばれてきた。

お料理にはどれも、オクラの輪切りが仕上げに飾られる。切ると星形になるオクラがあちこちの皿に散るさまを星座に見立てたのが店の名前の由来だと、以前、好美さんが教えてくれた。壁には、好美さんが描いた、オクラの花の水彩画が飾ってある。やわらかなレモンイエローの、ハイビスカスに似た、かわいい花だ。

央樹はビーフシチューの具だけを先にせっせと口に運ぶ。相変わらずだなあ、と見つめながら、サクッと揚がった俵形のコロッケをフォークで割ると、クリームソースがとろりと流れ出た。なめらかなクリームソースは、何度食べても、飽きることがない。

央樹はあらかた具を食べ終えると、ごはんにシチューのスープを回しかけ、うれしそうにほおばった。

「またその食べ方?」

「うまいよ。これが一番おいしいビーフシチューの食べ方。貴璃もやればいいのに」

「私は遠慮しとく。別々に食べる方がいい」

ようやく、カウンターのおじさんが好美さんを呼び止めて注文した。

央樹は、そちらを横目で見て、声をひそめる。

「ずっと気になってたんだけど、あのおじさん、あのときのあのひとに似てないか」

そう言われてみれば、あの肉まん柄は、あのときのおじさんの着ていた服の柄だったかもしれない。でも、二十年近く経っているのに、まったく同じ服を着ているものだろうか。


高校時代、何人かでオクラ座に来たことがあった。店内はいつものように混んでいて、その中に、あんなふうな、ちょっと怪しい格好のおじさんがいた。まだ暑い季節だったのに冬物のジャンパーを着込んで、店の中なのに帽子もサングラスもマスクもはずさない。おじさんは先に店を出たのだけど、私たちが会計をしようとすると、星野さんは「もうもらっている」と妙なことを言った。

あの怪しげなおじさんが、私たち全員の食事代まで、払ってくれたのだそうだ。

央樹と二人ですぐに追いかけたけど、おじさんは見つからず、オクラ座に戻ると仲間は帰ったあとだった。あれが、央樹と親しく話すきっかけになった。

いわば、あのおじさんが私たちの距離をちぢめてくれたのだ。

カウンターに座るおじさんは、メニューを選ぶのはあれほど時間がかかったのに、たちまち食事を終え、あっという間に店を出ていった。

その少しあと、学生たちがにわかに騒がしくなった。学生たちの食事代を、あのおじさんが支払ったという。聞くが早いか、央樹は私に待つよう言い置いて、飛び出した。

好美さんによると、よく来る客ではなく、素性も目的も心当たりはないらしい。

「近頃流行ってるのかしらね、ああいうの。他のお店でもたまに聞くよ。そういや貴璃ちゃん、結婚したって？」

相変わらず商店街の奥さまネットワークは情報が早い。この店で食事したのが親しくなったきっかけだと話すと、好美さんはよろこんで、注文用紙の裏になにかを書きつけてくれた。

「それね、絶対に失敗しない料理。私が唯一、うちのひとにほめられる料理よ。貴璃ちゃんの役に立ててちょうだい」

戻ってきた央樹は、おひやを一気に飲み干して、見失った、と肩を上下させた。

「やっぱりあのひとだと思う。だけどおかしくないか、同じ格好、同じ姿。髪の毛だって、白髪が交じってるわけでもなく、真っ黒だ」

「そうかなあ。年を重ねるほど、十年やそこらの見た目の変化って、さほど大きく感じないよ？」

ぱっと見た感じ、皺が目立つわけでもなかった。央樹はコーヒーをふたつ注文して、こめかみのあたりを指さした。

「生え際だよ。白くなったり、後退したり、細くなったり。生え際は年齢を隠せない」

よく見ているものだなあ、と感心する。営業職ならではの観察眼なのかもしれない。央樹は和可子さんを一人にできないからと遠方への転勤を断り続け、昨年、社内一業績が悪い営業所に飛ばされたらしい。でも、そのおかげで、高校卒業後に疎遠になっていた私たちは、お互いの得意先の病院でばったり再会し、つきあうようになった。

運ばれてきたコーヒーにミルクを入れると、央樹は表情を引き締めた。

「あのひと、年を取らないいんじゃないか」

「は？」

「大きくふたつの考えがあると思うんだ。ひとつは年月を経ても老いない、不老不死のようなひと。もうひとつは時間旅行者《タイムトラベラー》。あのときと今がおじさんの時間軸ではつながってるのかもしれない」

「中二病がすぎるんじゃない？」

鼻をふくらませて話をどんどん広げる央樹を一蹴して、私はコーヒーを飲んだ。

＊

「貴璃さん、来てくれたのね」

ドアを開けるなり、和可子さんは、不敵に微笑んだ。

左の足首には包帯が巻かれ、少し引きずるように、ぎこちなく歩く。三日ほど前、サークルに出かけた際に、足をひねったらしい。

買い物や家事も不便らしく、「ちょうどよい機会だから」手伝いに来てほしいと、央樹を通じて頼まれた。二日間家事をがんばっていた央樹は、今日から地方の学会に仕事で出かけていて、家には和可子さん一人。

つまりこれは、挑戦状なのだ。家事の「お手並み拝見」の。

「和可子さんはお部屋で休んでて大丈夫ですよ」

受けて立つ気持ちで、勇んでエプロンをつけ、和可子さんと向き合った。私にはちゃんと勝算がある。母の助言の他に、好美さんの絶対失敗しないレシピも。

「ひとまずお洗濯とお掃除、それから夕食をつくりますね。買い物もしてきました。他になにかご希望ありますか？」

「そうね。一段落ついたら、お紅茶を淹れてくださる？」

お安い御用と請け合うと、和可子さんは自室に戻っていった。

ケーキの箱を冷蔵庫にしまい、テーブルにピンクの薔薇を一輪飾る。

よし、と気合いを入れて、メモ帳に鉛筆を走らせる。

まず洗濯。白いもの、色柄ものを仕分け、先に白を洗う。

お米を研ぎ炊飯器にセット、料理の仕込み。

洗濯物を干し、色柄ものを洗濯。掃除機かけ。

紅茶を淹れ、色柄ものを干す。よし、抜かりない。

大人二人の洗濯物は、五人家族に比べればかなり少なくて、あっという間に仕分けも済んだ。

和可子さんの白いシャツやブラウスは凝ったレースの飾りがつき、私のひび割れた指先もなめらかに滑るほど、光沢があって、手ざわりがいい。青いストライプのワイシャツからは、ほのかに央樹の香りがして、がんばろう、と思える。

お米を研いで炊飯器にセットし、オクラ座の好美さんに教わった「絶対失敗しない料理」、塩豚のポトフの材料をキッチンに並べる。

じゃがいも。にんじん。たまねぎ。セロリ。昨日から漬け込んでおいた、塩豚。

材料を入れて鍋に任せておけば、必ずおいしくできるそう。だけど、念には念を。私にはとっておきの切り札がある。希乃香さんに教わった「魔法」を、ちゃんと仕込んできた。

ワインだ。

料理を格上げする魔法は、お酒全般なのだと、希乃香さんは教えてくれた。

お鍋なら日本酒、煮込み料理にはワイン、揚げ物の衣にビール。いつものお料理にちょっと加えると、深みと奥行きを与えてくれるという。ポトフなら白ワインがいいと、アドバイスももらった。

見たところ、塩漬けの塊肉が入るのは、あのオレンジ色の鍋くらい。材料を入れ火にかけて白ワインを注ぐと、キッチンに芳醇な香りが漂った。飲みたい衝動を必死にこらえて、次の家事に取りかかる。計画立てが功を奏したのか、洗濯も掃除も、滞りなく進み、心の中でガッツポーズをつくる。

紅茶は思った以上に難関で、食器棚にずらりと並ぶ紅茶缶から選び出すのも一苦労。はじめて茶葉から淹れた紅茶は、ティーカップに注ぐときれいな色になり、ほっとした。リビングの薔薇のそばに置けば一枚の絵のようにうつくしく、意気揚々と和可子さんに声をかけた。いい調子、と口にしながら洗濯機を開けたとき。

リビングから小さな悲鳴が聞こえた。

和可子さんの背中が、よろめいていた。

具合でも悪くなったかと、駆け寄って椅子に座らせる。病院が先か、央樹に連絡が先かと迷っていると、震える指がベランダにはためく白い洗濯物をさした。

「洗濯機で洗ってないわよね……？」

「はい。しっかり洗濯機で洗いましたよ。もちろん、色柄ものと分けて、洗濯ネットにもちゃんと入れました」

和可子さんはうつろな目で洗濯物を見つめると、力なく呟いた。

「ブラウスも、シフォンのシャツも、どちらも絹。ヴィンテージの一点ものよ……。クリーニング用のかごに入れておいたのだけど」

「絹って……たしかふつうに洗濯しちゃ、だめなやつですよね」

言われてみれば、洗うときにはつややかだったそれらは光沢を失って見えた。慌てて取り込んだものの、あのなめらかな手ざわりは消え、一度濡れて乾いた紙みたいに、ごわごわしていた。

ごめんなさいと謝っても、和可子さんは言葉もなかった。ただ私の手をじっと見て、肩を落とすと、洗濯物を隣の椅子に置いた。

これ見よがしに大きなため息をつき、紅茶に口をつけると、やにわにひどく咳き込んだ。

「渋い。渋すぎる。飲めないわ」

咳ばらいをし、のどを鎮めた和可子さんの顔に、今度は困惑が浮かんだ。

「ねえ……さっきからのこれ、なんのにおい？」

「夕食にポトフをつくっているんです」

「私の知っているポトフは、こんなふうにすっぱいにおいはしないわ。それに、ちょっと焦げてないかしら」

慌ててキッチンに戻ると、たちこめる香りは、さっきよりも酸味が際立っていた。ワインの香りは空気に触れて変化するのが楽しいけど、料理においてもそれは例外ではないらしい。ただ、今は、あまりいい変化には思えない。

材料をひたひたに覆っていた水分は半分に減り、煮崩れたじゃがいもが、鍋底に真っ黒く焦げついていた。見た目が悪くてもせめて味がよければと、祈るように味見してみたものの、スープにもお肉にも、ワインの酸味だけがしみ込み、ひどい味がした。

はじめて食べる味はまずく感じるものだと聞いたけど、そうではなく、これは明らかに失敗だとわかる。私の知っているポトフも、こんなふうにすっぱい味はしない。

黒くこびりついた焦げも、菜箸でいくらつついても、はがれない。

力任せにつついていると、横からのぞき込んだ和可子さんが、声を震わせた。

「そのお鍋……主人からの、プレゼントなのよ……」

「ご、ごめんなさい！」

なんだか自分が、和可子さんの大切なものをどんどん踏みにじっているような気がして、いたたまれなくなる。キッチンの調理台に置いたままの、ワインの空き瓶を手に、和可子さんが大きなため息をついた。

「まさかとは思うけど、これをポトフに？」

「ワインは煮込み料理を格上げしてくれるって聞いたので」

「格上げどころか、台無しじゃない。まるまる一本入れるなんて、もってのほか。貴璃さん、あなた、家事ができるなんて嘘ね？」

「あの、ごはんは、炊けてますから」

炊飯器を開けると、水に浸かったままのお米がそこにはあった。どうやら炊飯ボタンを押し忘れていたらしい。

挽回の手立ても、開き直るすべも、もはやなにも思いつかない。困り果てる中、いつでも相談してください、と言った希乃香さんの顔が思い浮かんだ。

「和可子さん、お出かけのしたく、お願いできますか」

「こんなお店があったなんて」

タクシーではずっと不機嫌だったのに、うしろむき夕食店に着くと、和可子さんの目はきらきらと輝いた。

空いていたカウンター席に通されると、和可子さんはサークルで鍛えあげた社交性を発揮して、おしぼりを出す志満さんにすてきな結城紬《ゆうきつむぎ》だと声をかけ、メニューを運んできた希乃香さんにかわいらしい銘仙だと目を細める。たちまち、長く通う客のように、なじんでしまった。私には、薄紫色と薔薇柄の着物にしか見えないけど、和可子さんにはさまざまな着物の違いがわかるらしい。

「お酒じゃない飲み物も充実していてうれしいわ。トパーズソーダってどんなものかしら」

和可子さんがメニューを指さしてたずねると、志満さんは軽く頭を下げた。

「申し訳ありません、孫が気取った名前をつけまして。これじゃなにかわかりませんよね。梅シロップをソーダで割ったものなんですよ」

「いいえ、すてきなお名前だわ。ロマンがありますもの。こちらをいただきます。貴璃さんは、ワインかしら？」

もちろん、とのどまで出かかるのをぐっとこらえて、私も同じソーダを注文した。

お通しの小鉢には、こんもりと盛りつけられたきれいな紫色のおひたしが出された。

「きれい。紫キャベツの千切りかしら？」

「菊の花なんですよ」

「わ、これが食用菊ですか」

食べる花は店では扱わないから、見るのも食べるのもはじめてだった。

志満さんが見せてくれたのは、子どもの手のひらほどの、可憐な紫の菊。萼からはずし、酢を入れたお湯でゆがくのだという。

しゃきしゃきとした独特の食感で、控えめなおだしとお酢の味わいに、ほのかに菊が香る。

「菊の花は、中国では長生きのお薬と言われて、お茶やお酒、漢方薬と重宝されてきたようですよ。山形や新潟など北の方で食べられるみたいですね」

八百禅さんが東北で仕入れて届けてくれたという。和可子さんは、花を食べるなんて風雅だとしきりに感心している。

「新潟の一部ではおもいのほか、山形ではもってのほか、と呼ばれるそうですよ」

「もってのほか？」

思わず和可子さんを横目で見てしまう。

「おもいのほかおいしい、もってのほかおいしいからだとも、あんまりおいしいからお嫁さんに食べさせるなんてもってのほかだからだとも、聞きましたよ」

「秋茄子《あきなす》にもそんな話がありますわね」

和可子さんは、志満さんの手元を見つめながら、金色のソーダを口に運ぶ。

「意地悪のようにも言われますけれど、茄子は体を冷やすからむしろお嫁さんを大事にする言葉だと言われることもありますね。アタシはお嫁さんをやったことがないので、真偽は知りませんけれど」

希乃香さんの祖母と聞いたはずなのに、不思議に思っていると、志満さんはその昔大恋愛を経て未婚の母になったのだと、希乃香さんが教えてくれた。

さぞご苦労されたのでしょうねと和可子さんが気遣わしげにたずねる。志満さんはホウロウ引きの容器を取り出しながら、穏やかに答えた。

「たとえ逢えなくても、そのひとと重ねた時間は、なにも変わらずに残っていますからね。ちょっと、うしろを振り向けば、いつだって思い出すことができますよ。それも不思議と、よかったことばかり」

しばしの沈黙ののち、すてきだわ、と和可子さんが呟いた。

「一世一代の恋でしたのね。ご苦労はおありでしたでしょうが、生涯を賭けた恋なんて、憧れるわ。お相手はどんな方でしたの？」

不躾な質問なのに、志満さんは気を悪くすることもなく、ぬか漬けを取り出しながらなつかしそうに目を細めた。

「ちょっとそそっかしくて、優柔不断で、でも憎めないひとでした。洋食屋さんで隣り合わせたんですよ、同じハンバーグ定食を食べていてね。あちらは学生、アタシは芸者でしたから、人目を避けて逢瀬を重ねましたけど、いろいろありましてね。姿をくらましてしまいました」

「志満さんとおじいちゃまのそんな話、はじめて聞いた」

だって聞かれなかったもの、と志満さんは飄々《ひょうひょう》としたものだ。

希乃香さんは、そのおじいさんを、捜しているのだという。店の存亡がかかっていると聞いた和可子さんが、できることなら協力してさしあげたいわ、と志満さんを見た。

「なにか手がかりはないのかしら、芸能人の誰かに似ているとか」

「役者の松嶋孝蔵に似てましたよ。でも、もう少しばかり、いい男でしたけれど」

「それなら町で見かけたらすぐにわかりそうですわね。私、大ファンですの。物静かできりっとして紳士的で。新しい映画は、ご覧になりました？」

「ええ、封切りに」

和可子さんはひとしきり志満さんとの映画談義に花を咲かせ、急にふと、お腹が空いたわ、と私を見た。ようやく、料理の注文をしていないことに気づいたらしい。

ぬか漬けと焼きたまねぎ、冬野菜のスフレはすぐに決まったものの、肝心のメイン料理がなかなか決まらない。あれこれと迷い、ページの最後に書かれた文字に目をとめた。

「おみくじってなにかしら」

存在は知っていたけど、試したことはまだない。希乃香さんがうやうやしく運んできてくれた白木の三方には、赤いふち取りの懐紙の上に、こんもりと料理おみくじが積みあげられていた。

「じゃあ、貴璃さん、お願い」

「和可子さん、引かないんですか？」

「凶が出たら、嫌だもの。年を重ねると、悪い結果が出るのは身近すぎて恐ろしいものなのよ」

志満さんに同意を求めた和可子さんは、アタシはハタチなので、との返答に、二の句が継げなくなっていた。志満さんは、ハタチから年を取らないと決めたのだそうだ。

ひとつを選び、開いてみる。

「吉も凶もないです。『縁談きながにビーフシチュー』って」

「ビーフシチュー……？」

「そういえば和可子さん、あんまりつくらないんですよね？」

ビーフシチューを注文してからの和可子さんは、少しようすがおかしかった。

さきほどまでの浮かれぶりは嘘のようで、心ここにあらずとばかりに、他のテーブルの家族連れや恋人たちをぼうっと見ては、時折思い出したように料理や飲み物を口に運ぶ。希乃香さんおすすめのアメジストソーダも頼んだのに、きれいね、と言ったきり、黙り込んでしまった。

冬野菜のスフレは、大根やにんじん、ほうれんそうを重ねた断面の彩りがきれいで、口に入れるとふわっとチーズの香りが広がった。オーブンでまるごと焼いたたまねぎはとても甘く、添えられた燻製醤油をたらすといっそう、ワインが欲しくなった。山ぶどうの原液をソーダで割ったアメジストソーダは、香りや雰囲気がワインに近く、だからこそよけいに、もどかしい。

それに、おみくじに書かれた言葉が、引っかかっていた。

縁談きながに。

婚姻届を出して縁は結ばれたはずなのに、きながに、とはどういうことだろう。家族と認められるのに時間がかかる、とでも言われている気がした。売られた喧嘩には、勝つどころか、大敗もいいところ。和可子さんに認められる日なんて、来ないんじゃないかと思えてくる。

おいしそうな香りとともに、志満さんが暖簾の奥から姿を現した。

円形の耐熱皿に入ったビーフシチューは、こっくりと深みのあるいい色をしていた。

ごろりと大きなお肉の塊と、にんじん、じゃがいも、ブロッコリーが彩りよく盛りつけられている。フルボディのワインに合わせたらさぞおいしいだろうと想像するせいか、料理から芳醇な赤ワインが香る気がした。

目の前に並ぶシチューとごはんに手をつけようとせず、じっと見つめたままの和可子さんに、お先にいただきますと声をかけて、スプーンを手に取る。

濃厚なビーフシチューは、思ったよりも、口当たりが軽かった。

塊のお肉は、スプーンで難なく切り分けられるほどやわらかくて、噛めばほろりとほどけた。ひとさじの中にうまみが重層的に溶け込んでいるのに、少しも重たく感じず、味の余韻だけが残る。いくら食べてもしつこく感じない。

そういえば、央樹と話すようになったあの日も、ビーフシチューを、食べたのだった。

文化祭前日、私たち実行委員には、目まぐるしい一日だった。私が担当する大看板は、本来なら校門前に飾られている予定だったのに、中庭での製作がまだ続いていた。スローガン「怒濤を乗りこなせ！」に合わせ、北斎《ほくさい》の浮世絵みたいな高波を滑る、制服姿のサーファーたちを描く。校舎の壁に立てかけた畳四枚分ほどの大看板は、砕け散る白い波頭を描き加えればようやく完成。すでに日は傾きはじめていた。

あらかた描き終えて、いったん遠くから見ようと、離れたときだった。どこからか飛んできたボールが当たり、看板は描いた面を下にして倒れ、ばふんと土煙をあげた。

突然の出来事に、声も出なかった。塗ったばかりの白い波頭には砂粒がこびりつき、手で払っても、取れないばかりか、どんどん奥に入り込んでしまう。爽快なはずの白い波しぶきは、無数の、黒々とした汚点に変わっていた。

そこに現れたのが、央樹だった。アトラクション班のチーフを務める彼は、的当ての準備中に、窓からボールが飛び出したと説明し、ごめん、と頭を下げた。そこまではよかった。

「悪いけど、もう一回描いてよ」

かちんときたのは、私だけではなかった。なにそれ、と誰かが吐き捨てる。描くの大変なんだよ。もう間に合わないよ。軽く言わないでよ。抗議は次々に重なった。

やればできるって、と央樹が安易に言い、頭に血がのぼった。

私は央樹の前に進み出て、白いペンキを突き出した。

「なら、あなたが描きなよ」

央樹は無言でそれを受け取ると、次の瞬間、足元の砂をつかんで、ペンキ缶に思いきり投げ入れたのだった。

めまいがした。私たちが重ねてきた時間をすべて、ないがしろにされたようで。

食ってかかる私を制して、央樹は砂とペンキを交ぜ、砂まみれの波の上にたんたんと塗り重ねた。ペンキは乾くに従って薄い膜のようになり、砂の凹凸が、立体感のある波しぶきそのものに見えた。

おもいのほかうまくいった、と笑う央樹の頬や指には、白いペンキがついていた。

全員で筆をとり、看板を仕上げたあとはオクラ座になだれ込み、みんなでビーフシチューをほおばった。一緒に作業や食事をするうちに、ぎこちなかった空気は消えていた。

思えば、出逢ったあのときから、央樹と私は違うことが多かった。考え方も、好みも、ビーフシチューの食べ方だって。でもそれを、違うと線引きしたまま、踏み越えずにきた。

知らないこと、わからないことは怖いから、それを避けようとするのは、自分の身を守るための、本能に近いのかもしれない。だけどもしかしたら、一歩踏み込んだ先には、思いもよらない景色がある。あの波しぶきのように。

シチューのスープをごはんにかけて食べる央樹に、星野さんがうれしそうに話していた。

煮込み料理の主役は、具材よりもスープ。いろいろな具から、それぞれの味わいが醸し出されて、おいしいスープができる。似たような味ばかりでなく、違う味が入るからこそ、深みが生まれて、味わいがゆたかになる。ひとも似てるね、と。

あたらしく家族をつくるのも、煮込み料理のようなものなのかもしれない。これまでまるで違う人生を歩いてきたもの同士が、同じひとつの、家族という鍋に入る。煮込むうちには、煮崩れたり、灰汁《あく》が出たり、吹きこぼれたりもするだろう。合う合わないも、経験しないとわからないことも、きっとあるだろう。

でも、できることなら少しずつでも、一緒においしいスープをつくっていきたい。

私は央樹がやっていたように、ごはんにスープを回しかけた。

「貴璃さん、あなた、その食べ方」

和可子さんが目を見開いた。

「はじめてやってみましたけど、意外とおいしいですね。央樹に教わったんです、一番おいしいビーフシチューの食べ方だって」

「あのひとも、そうやって食べていたわ」

ふうっと、長く息を吐いて、和可子さんは胸元で手を組んだ。

「具を先に食べてしまって、残りをごはんにかけるの。主人が最後に食べたのも、ビーフシチューだった。あのオレンジ色の鍋にたっぷりつくったの。もうちょっと長く、一緒にいられると思っていたのだけど。人生っていうのは、わからないものね」

それからはなんだかビーフシチューをつくる気になれなかったという。二人で食べるのはさびしくて、と和可子さんは目を落とした。和可子さん自身も、それ以来、ビーフシチューを食べていないそうだ。央樹がオクラ座で食べていると知ると、目を細め、志満さんを見あげた。

「本当ね。たとえもう逢えなくても、重ねてきた時間は、なくならない。央樹を通じて、あのひとに逢ったこともない貴璃さんが、同じ食べ方を」

志満さんが、穏やかな笑みをたたえる。

「つながるんですよ、きっと。おいしいものは、誰かと分かち合いたくなりますから。一緒においしいものを食べたい相手は、大切なひとでしょう？」

大切なひと、と繰り返すと、和可子さんはビーフシチューにようやく口をつけ、おいしい、としみじみ呟いた。

最後のひとさじまで丁寧にビーフシチューを食べ終えて、ごちそうさまでした、と和可子さんは手を合わせた。

「とてもおいしかったです。手をかけてあるお味で」

「手は、そうかけちゃいないんですよ。うちは本格的な洋食屋さんやレストランさんと違って、家庭料理ですから。アタシはお肉とお野菜をぽんと鍋に入れただけ、あとは時間が育ててくれたお味です。そうそう、それから赤ワインを一本」

「一本……ですか？」

びっくりして、聞き返す声が裏返った。私が失敗したポトフと、同じだ。

「ええ。それと、企業秘密ですけれど、隠し味に八丁味噌を」

「シチューにお味噌だなんて」

もってのほか、とでも続きそうな調子で、和可子さんが言った。

「線引きするのはもったいないですよ。アタシたちの若い頃と違って、男性が育児休暇を取る時代ですからね。枠はどんどん取っ払わなけりゃ。とくにおいしいものはね。希乃香が言うには、ワインと食べ物を合わせるコツのひとつは、似たところ探しだそうですよ。香りや味、同じ産地、それに色。濃い赤ワインも八丁味噌も、お色がちょっと似てますでしょ」

どちらも同じ発酵食品ですし、と志満さんは平然と続ける。

希乃香さんが他のテーブルのお酒を準備しながら、合いの手を入れた。

「お酒とおつまみの世界は奥深いですよ。全然違うものでもぴったり合ったりしますから。極甘口のワインに癖のあるブルーチーズも合いますし、苦めのビールと栗もなか、黒ビールとチョコレートケーキとかも。個々の知っている味が結びついて、知らなかった、新しい味の広がりを見せてくれるのが楽しいんです。驚きの分、おいしさも増える気がしますよ」

「もし、合わなかったら、どうなさるの……？」

和可子さんが、志満さんと希乃香さんを交互に見た。

希乃香さんが、私を見てにっこり笑い、ワインを二本、目の前に並べてみせた。

「同じ品種からつくられるワインでも、産地が違うと、風味も違います。万華鏡《まんげきょう》にたとえられるほど、がらりと変わるものもあるんです。品種にもよりますが、育つ土地、極端に言えば畑によっても、味が変わるんですよ。土地と環境の個性が、ぶどうの魅力を決めるのって、なんだかすごいことですよね」

そういえば八百禅さんも、大根は畑によって味が違うと、言っていた。

味わいの違うワインは、楽しみであり、醍醐味でもある。同じ品種でも、自然を凝縮して、さまざまな個性が生まれるなんて、考えるだけでも、楽しい。さまざまな個性は、時間をかけて熟成し、それぞれにおいしいワインになる。

「同じ品種でも、産地の数だけ味があるんですから、いつかなにかは合います。わたしは信じてます」

希乃香さんの言葉に、志満さんがやんわり重ねる。

「うまくいかなければ、別の方法を探せばいいだけですよ。おおらかに、試してみればいいんです。楽しみを増やすつもりで、きながにね」

きながに。

カウンターの端に置かれたおみくじに、目をやった。

帰り際に希乃香さんが、この間のお礼だと、ラム酒の小瓶を渡してくれた。バターでバナナを焼き、仕上げにかけるとおいしいそうだ。

和可子さんは、また来ます、と軽く頭を下げて店を出た。

いってらっしゃい、の声に見送られ、私たちはタクシーに乗り込んだ。

＊

榎本家のキッチンにはまだ、すっぱい香りが漂っていた。

「飲めばよかったなあ」

ポトフに入れるワインは、コップ半分ほどが適量だったらしい。もったいない、と心底思った。

鍋を洗おうとすると、和可子さんの手が横から伸びてきた。

「和可子さん、私、やりますよ。責任を持って、焦げたところをぴかぴかに磨きます。力仕事は得意ですから、しっかりゴシゴシと」

「遠慮しておくわ。お鍋のコーティングが剝がれてしまうもの」

そう言って白い粉と水を入れ、火にかけた。

「こういうのは、重曹《じゅうそう》で煮るの。一度でうまくいかなければ、何度も」

ついでに、と和可子さんはお湯を沸かして、夜用だというカフェインレスの紅茶を淹れてくれた。おいしい紅茶は元気よく跳ねると説明しつつ、無駄のない手つきで、ティーポットにお湯を注ぐ。

私なら牛乳もそのまま注いでしまうのに、和可子さんはレンジで加熱して、紅茶に添えて出してくれた。

ミルクティーは、やさしい味がした。見えないところにも心を配ってくれているからこその、まろやかな味わいなんだと知った。

「すごいですね、和可子さん。いろんなこと、たくさん知っていて」

「それは、あなたより長く、時間を重ねてきたもの」

当然よ、とでも言うように、和可子さんは背筋をぴんと伸ばした。

「家を守るのは大切な仕事よ。きちんと愛情をかけて、央樹のことを大切にしてほしいの。一日でも長く、あなた方が一緒に、しあわせに暮らせるように」

和可子さんも私も、央樹を大事にするという同じ思いのもとに、つながっているのだと、気づいた。私たちは、向き合って争っていたわけではなく、それぞれ違う場所から、同じ方向を見つめていたのかもしれない。

「ぶどうは育つ土地で味が違う、って言っていたわね。私たちとあなたたちでは、育つ畑が、違うのかもしれない。今の時代には、今の時代に合った夫婦の形があるのかもしれないわ。家族の形も、大切なひとの守り方も」

彼らが紡いできた家族の歴史に、自分も混ぜてもらえた気がした。途中で具材を取り出しても、風味はスープに溶け込んでいるように、大切に受け継がれた家族の気配はここに残っている。ビーフシチューの食べ方ひとつにも。

「でも、家事のことは、自信ないです。和可子さんみたいにはできません」

和可子さんは、リビングの椅子に置かれたままのブラウスとシャツに目をやり、たしかにあれはひどいわ、とため息をついた。

「私の想像を超えていたわ。思いもよらないことばかりだし。とても及第点はあげられないわね」

和可子さんは、紅茶のおかわりを注いでくれ、私の手をじっと見た。

「でも働き者の手だってことは、わかる。そういう手、おもいのほか、嫌いじゃないの」

うっかり目頭が熱くなる。

「あのう、家事はダメでしたけど、他の得意なことだったらたぶん、及第点は楽に超えたと思うんです。ワイン飲み比べ選手権とか、花束配達タイムバトルとか、水入りバケツ運搬長距離走とか」

「あなたって本当に、思いもよらないことを言うのね」

和可子さんがぷっと吹き出した。

「やってみたらいいわ、二人で協力をして。それでも難しかったら、私も、いるし」

「和可子さん！」

自分に見えている世界と、誰かに見えている世界は、少しずつ違う。

だけど、違いがあることを前提に、お互いがその違いを理解しようとする思いが、私たちを少しずつ、近づけてくれるのかもしれない。

違うからこそ、新しく触れるなにかに世界は少し広がり、ひととのかかわりの数だけ、深まっていく。

花屋にある花だけが花ではなくて、野菜に咲く花も、食べられる花もある。

花もワインもひとも、きっと、違うからこそ、面白みにつながる。

「和可子さん、デザートにサヴァラン、召しあがりませんか」

冷蔵庫からケーキの箱を取り出す。

「あら？　そのお店、前はサヴァランはなかったけれど」

「ええ。でも、ババがありました。和可子さんにはこれだなと思って。和可子さん？」

和可子さんは表情を硬くして、低い声で呟く。

「……貴璃さん、あなたとせっかく仲良くなれるかと思ったのに。そう。ババアはババでも食べておけと言いたいのね」

「ち、違いますよ！　そんなこと言ってません！　ババは、和可子さんの好きなサヴァランと同じお菓子のことですよ！」

商店街のケーキ屋さんに教わったことを、必死に説明した。

「ババもサヴァランも、ブリオッシュ生地にラム酒のシロップをしみ込ませたお菓子なんです。サヴァランはリング形、ババは俵形が多いようですけど、もとは同じお菓子のことなんですよ」

「では、あの、私がおいしいと思っていた香りは、お酒の香りということ？」

和可子さんは、信じられない、とでも言うように、頭を横に振る。

「お酒は飲めないっておっしゃってましたけど、香りや味はお好きなのかも」

希乃香さんにもらった、ラム酒の蓋を開けて差し出す。

「一世一代の恋の味って、この香りでしょう？」

和可子さんは、何度もラム酒の香りを確かめる。

「貴璃さんから教わることも、たくさんあるのかもしれないわね。今日、少しだけわかったの。貴璃さんは誠実が取り柄ね。そして、負けず嫌い」

「私もわかりました。和可子さんは中身が乙女でロマンチストなんですね。そして、負けず嫌い」

いたずらっぽく笑う和可子さんから、ラム酒の小瓶を受け取って、それぞれのミルクティーに、ひとさじずつたらした。

私たちは、ティーカップを掲げて、笑みを交わし合う。

「乾杯！」

四の皿

失せ物いずるメンチカツ

並木台駅、北口から続く、いちょう並木をのぼりましょう。

曲がりたくてそわそわしても、T字路ギリギリまで、十分くらいがまん。

もう限界、突き当たりだ、と思った頃にある、自動販売機の角を左です。

「どう？　深玲《みれい》、そろそろ限界？」

「ゆるいのぼり坂には、割とうんざりしてる。でもまだ限界っていうほどじゃないかな」

深玲は腰に届く黒髪をゆらし、白いダッフルコートのポケットに手を入れた。

僕はメール画面を閉じて、枝ばかりの木を見あげる。ちょうどてっぺんに重なった星が、飾りのように瞬いていた。

冴えた空気のせいか、穏やかな街あかりのためか、今夜は星がひときわきれいだ。駅から続く大通りなのに、商店街と反対側に延びるこちらの町並みは静かで、夜道を明るく照らす店もない。この半分眠ったような街のどこかに、うしろむき夕食店と呼ばれる店があるという。

透磨《とうま》さん絶対好きだと思いますよ、と仕事相手の貴璃さんが教えてくれた。

店の本当の名前は他にあるが、昔を振り返る気分になるからとついたあだ名の方が、今では通りがいいそうだ。

古いもの好きの透磨さんなら気に入るはず、奥さまとぜひ、とすすめられた。

「自販機もなさそうだよ。光るものなんて見つからない」

深玲は首を伸ばすようにして、あ、と声をあげる。

小走りに駆け寄ったトタン屋根の商店に、白いロッカーのようなものが佇んでいた。

「透磨、これのことかも」

たしかに側面には産直自動販売機という手書き文字が並んでいるが、プールの更衣室にでもあるような、透明窓のロッカーだ。深玲は額をくっつけるようにしてのぞきこむ。縦に六室、横に二列の個室には、かぶや青菜、りんごなどが入っていた。値段は良心的だ。

「ねえ、これ買ってもいい？」

返事を聞くつもりはないらしく、語尾に重なるように、もうコインの音が響いた。ビニール袋にみっしり詰まった赤と青のりんごを、深玲はうれしそうに抱える。重そうな袋を引き取ると、ありがとう、と小声で歌うように言った。


曲がった先は、少し前の時代に迷い込んだかのような路地だった。

ところどころに、年月を経て焦げ茶色に変色した板塀や、ブリキの看板、もう使われていない木の電柱の名残がある。古きよきものを集めたお店への前奏曲のようで、期待に足取りが早くなる。右、左、右と、メールをたよりに路地を進んだものの、すぐに行き止まった。僕たちは、隣の路地、さらにその先へと迷い歩くうちに、自分たちがどこにいるのかもわからなくなってしまった。

「なんかあったね、こういうお話。探しても辿り着けない場所」

おとぎ話とかで、という深玲の声がくぐもって聞こえる。なんだかそれは、僕自身にも重なるようで、深玲にちっともそんな気がないのは知りつつも、ふいと視線を逸らしてしまう。

その先を、光るなにかが横切った。

住宅の玄関灯の横をすり抜けていったのは、小さな生き物のように見えた。大きさからすると犬か猫だろうが、あんなふうに、跳ねるように歩くだろうか。陽気な足取りは、鹿かうさぎのようだった。

気になって、消えた先の路地をひょいとのぞきこむと、その正面に、ステンドグラスが、やわらかな光の花を咲かせていた。

「深玲。たぶん、ここだ」

野の花を描いた、曲線のうつくしいステンドグラス。描かれた草花や淡い色彩からすると、おそらく国内でつくられたものだろう。木造二階建ての洋館は、扉の左右に配置された縦長の格子窓も板壁も、直線が強調されていて、草花の曲線がいっそうのびのびと見える。水色のなめらかな濃淡が描く青空は、余分な力をゆるめてくれる。

窓の向こうを着物姿で立ち歩く二人が店員だろうか、着こなしが板についていて見えた。扉につく真鍮の取っ手の古び具合もいい。ひとと時間に磨かれて、独特な風格が漂っている。赤い糸で結ばれた金の鈴がドアベルがわりらしい。

「透磨、そろそろ入ろうよ。さっきからすごくいい香りがして」

ごめん、と慌てて手を伸ばしたとき、内側から扉が開いた。

路地に、りん、と涼やかな鈴の音が響く。

「お帰りなさい！　お二人さまですね？」

はつらつとした笑顔の店員が、鮮やかな着物を翻して、僕たちを迎え入れた。

「乾杯！」

グラスが立てる軽やかな音には、ありがとうの気持ちがひそんでる。

そこに僕は、言葉にしない感謝を込める。今日も一日、お疲れさま、ありがとう。いつもそばにいてくれて、ありがとう。毎日顔を合わせるからこそ、照れくさくて、面と向かって伝えなくなった言葉を、グラスの音に託す。

グラスの中身はもちろん、自分への感謝でもある。立ちっぱなしで重苦しい足、だるくなった腕、今日もお疲れさま、ありがとう。一日の締めくくりに、おいしいものが待っていると思うと、延びる残業時間も、無茶な注文にも、がんばる力が湧くというもの。深玲も焼き芋ラテなるソフトドリンクに、とろけそうになっている。

ビールでのどを潤し、二杯目からは、ゆっくりと、ウイスキーを楽しむ。

とろりとした琥珀色《こはくいろ》の液体を少しずつ口に含むと、アルコールのしびれるような刺激と、甘く、芳醇な香りが、鼻先をくすぐる。

飲む詩だよ、と昔、あるひとが言っていた。

なにせ、ウイスキーというのは、天使に祝福された飲み物なのだ。

熟成中に減る分は、天使がこっそり飲んだ分らしい。仕込む際のウイスキーは透明なのに、熟成の過程で、輝くような金色から、深みのある琥珀色に変化するのは、樽に棲みついた天使の祝福のおかげだという。天使の助けを借りて、時を重ねるごとにおいしくなる、祝福された飲み物とは、なんとも詩情あふれる話ではないか。そして僕は、そういう話にめっぽう弱い。

「また困ったような顔してる。なに考え込んでるの？」

深玲が微笑みながら、マグカップをテーブルに置いた。

「いや、このウイスキー、あのグラスで飲んだらおいしそうだなと思って」

僕の店で唯一の非売品であり、守り神みたいなアンティークのショットグラス。ショットグラスにしては大きめで、小さめのタンブラーと言ってもいい。厚みのある底面とその周辺には切子のようなカットが施され、飲み口に向かって広がる、咲きかけの朝顔みたいな姿がうつくしい。あれで飲むと、ひときわおいしく感じる。

「透磨は考え込むと、困ったような顔になるよね。それで、本当に困ったときは、笑ったようになる」

「そう？　自分じゃわからない」

「いつもそう。はじめて会ったときから、ずっとそう」

深玲は、それこそはじめて会ったときと同じように、小鳥のさえずりのような笑い声を立てた。


人生は、甘くない。

異国の空の下で僕はすぐに思い知った。

一度は会社勤めをしたものの、数年経ってもやりがいを見つけられず、人生には思いきりが必要とばかりに、退職してイギリスに渡った。

雑誌やテレビで見たイギリスは、歴史の教科書と違って、パンケーキをひっくり返しながら足の速さを競ったり、百年前のおしゃれな服装でサイクリングとピクニックを楽しんだりする、遊び心にあふれた国に思えた。

なにも決めていない癖に武者修行のつもりだったのだから、今なら頭を抱えてしまうが、あの頃の僕は大真面目に、世界を見たらなにかが変わるんじゃないかと、漠然と思っていた。

たしかに、旅は僕を大きく変えた。

最初の変化は、預金残高が減る速度と、安全意識だった。

地下鉄で寝ている間に小銭入れを掏《す》られたり、夜道で柄の悪い連中につけられて全力疾走したり。だけど一番ダメージを受けたのは食費。とにかく物価が高いのだ。下手をすると東京の倍ほどもかかり、見る間に預金残高が減っていった。一日でも長く滞在しようと思えば、もともと潤沢でもない日々の予算は徐々に厳しさを増して、リーズナブルなカフェやファストフードさえも、すぐに毎日通うにはきつくなった。寝泊まりする安宿の、ボリュームたっぷりのイギリス式朝食《イングリッシュブレックファスト》とポットいっぱいの紅茶が頼みの綱だが、昼下がりになれば、腹は切なくなる。スーパーマーケットに並ぶ一番安いパンとハムとチーズに飽きてくると、種類豊富なりんごに目をつけた。

その店では、赤いりんごは一個ずつ、小ぶりな青りんごは袋に四、五個も入って、同じ値段がついていた。迷うことなく青りんごを手に取って、近くの公園のベンチで、その日の夕飯にかじりついた。

「……すっぱ」

甘くない。

姿形はりんごなのに、僕の知ってるりんごじゃなかった。

香りも食感もりんごなのに、甘みだけが忘れ去られてしまったかのように、感じられない。勘違いかともう一度試しても、結果は同じ。かじりかけの青りんごを手に弱り果てていると、すぐ目の前で、小鳥のさえずりのような、きれいな音がした。

それが、深玲だった。

美術史を学ぶために留学中の深玲と、ふらっと旅に出た僕とでは、同じものを見ても、見えるものが違っていた。昔見たアニメには相手の戦闘力を測る眼鏡みたいな道具があったが、物静かな深玲のアーモンド形の目には、それに似た特別ななにかが備わってるんじゃないかと思った。古い教会の色褪せた天井に、青く塗られた空に金銀の星がきらめいていたかつての姿を見て、街角の動物をかたどった飾りや雨樋に、意味を読む。なにからなにまで僕には新鮮で、魅力的に思えた。

あの頃から深玲は、あまり変わらない。帰国しても、家族になっても。深玲の目はいつも、特別ななにかを見つめている気がするし、ひとことに重みを感じる。

あの甘くないりんごが、調理用のりんごだと、教えてくれたときからずっと。

「水炊き小鍋二人前と、牡蠣《かき》のオイル漬け、燻製チーズですね」

「あと、このノンアルコールのホットアップルサイダー、お願いします」

注文を取る若い女性店員は、鮮やかな青紫で描かれたチューリップ柄の着物がよく似合っていた。カウンターに佇む店主らしきひとの、細かな十字の織り込まれた着物も粋だ。

お通しの蒸し野菜には、二種類のソースが添えられていた。あっさりした豆腐のクリームと、にんにくとパセリとたまねぎの深みのあるバターソース、どちらも、ほこほこしたにんじんやかぶにつけると、野菜がつまみに変化して、酒をいっそうおいしく感じさせてくれる。

店内のしつらいも、趣味がいい。いい香りのおしぼりや手書きのメニューに、深玲も頬をゆるめていた。

やわらかいソファは座り心地がよく、身を沈めると、立ちあがりたくなくなる。実際、角のテーブル席には、突っ伏して束の間の夢心地に浸っている客もいる。

乳白色のランプシェードは古いミルクガラスだろう。やわらかなあかりが照らす床は寄木で、ヘリンボーン模様に組まれている。壁際に置かれたチェストやテーブルはどれも、コニャックみたいないい色に磨かれ、大切に扱われているのだとわかる。

うちの品物を見た貴璃さんがすすめてくれたのも、頷ける。

いつか、こんな趣のある店が構えられたら、と僕は改めて思い描いた。

そう広くなくていい。小さな空間に集めた品物を並べて、ひとつひとつ宝物のように手渡していきたい。今はまだ、各地で開かれる骨董市などのイベントに出店し、夢をあたためているばかり。もっとも、それだけで食べていくことはできなくて、現状では夢は夢のままだ。主たる収入源は他のアルバイトにたよっていて、今は並木台にできた商業施設のカフェで働いている。

定期収入という点でも金額面でも、うちの大黒柱は、区役所の文化財セクションで働く、深玲になる。

月に一度の外食は、僕たち夫婦のささやかな楽しみだ。

運ばれてきた小さな土鍋の蓋を取ると、真綿のような湯気と、おいしそうな香りがたちのぼった。

「透きとおってるね」

白い土鍋の底がほんのり色づいて見えるスープに、ひとくちサイズの鶏肉と、きのこやねぎ、青菜が浸っている。白濁した水炊きもおいしいが、こういうシンプルなのも悪くない。取り分けて、木のスプーンで口へ運ぶと、しょうがの香るスープは滋味あふれて、体のすみずみにしみ渡っていくようだ。

燻香のきいたチーズはもっちりと歯ごたえもいい。オイル漬けの牡蠣はなめらかでぷりぷりとして、噛みしめると口の中に海が広がるようだ。豊潤なうまみと磯の香りに水割りにしたウイスキーを重ねれば、生きるよろこびとはこのことだとしみじみ感じる。

「おいしいね」

言葉と裏腹に、深玲は箸を置いた。

このところ、深玲はあまり食欲がない。体調が悪いことも多くて、夜も早く休み、仕事が遅番の日は顔を合わせないときもある。心なしか顔色もすぐれないし、疲れが溜まっているのかもしれない。外食で気分も変わるかと思ったが、水炊きも牡蠣も半人前ほどで手が止まり、大好きなチーズには手を出さなかった。

両手でホットアップルサイダーのマグカップを包み、深玲は、なつかしい、と目を閉じた。この店のは、留学中に飲んだ味に似ているそうだ。深玲はりんご好きで、夏場にはシードルもよく飲んでいた。

イギリスで生産されるりんごの約四割が、調理用のすっぱい青りんごらしい。あの強い酸味は、砂糖を加えてアップルパイやジャムにすると、他にないような個性的で魅力的な味になるという。


ガラスの割れる音に、深玲がびくりと身を震わせた。

角のテーブル席の男性客が目を覚まし、呂律の回らぬ舌で、若い店員に文句をつけている。手が当たったのか、床には水がこぼれガラスの破片が散らばっていた。店員はおろおろとお盆を抱きしめて、床と客とを交互に見つめる。

店主が進み出ると、客はいっそう激高したが、聞き取れたのは、酒を出せ、というひとことだけだった。

「今日はこれ以上出せませんよ。お体に障ります」

毅然とした店主をさんざん罵って、客は荒々しく席を立つ。弾みで動いたテーブルが店主にぶつかる。咄嗟《とっさ》に近寄って、よろける彼女を支えた。

男は、物憂い空気を店に残して、去っていった。

「大丈夫ですか？」

「ええ。すみませんね、お騒がせしまして。普段は穏やかな方なんですよ。なにかお辛いことでもあったのでしょ」

すてきな殿方に助けていただいて役得ね、とおどけた店主は、騒がせた詫びに一杯振舞うと店中に笑顔を振りまくが、左手の手首をしきりにさすっていた。見せてもらうと、熱を帯び、赤く腫れている。さきほど、テーブルの角がぶつかったらしい。

店主に気遣って声をかけてきたカウンター席の女性に、見覚えがあった。以前骨董市に取材に来たラジオ局のひとだ。彼女も僕に気づき、その節は、と声をあげる。

「彩羽さんの、お知り合い？」

彩羽さんは、夕食店のひとたちに紹介してくれた。店主は志満さん、もう一人はお孫さんで希乃香さんというそうだ。

「こちら澤口《さわぐち》透磨さん。すてきな西洋アンティーク雑貨のお店をされているんですよ」

まだイベントだけなんですがと付け加えると、胸が少しちぢこまる。

「来週、自然保護園での骨董市にも出ますので、もしよかったら」

チラシを手渡すと、希乃香さんは食い入るように見ていた。

「この和簞笥、すごく安いですね。桁が違っていますよ」

「目玉商品はどこも結構がんばって勉強していますから。ただ、限定五棹ですし、競争率は高いかもしれませんね。開場の数時間前から列ができることもあります」

志満さんの忍び笑いに、希乃香さんはカウンターに目を走らせた。

「志満さん、なにかおかしいことでも？」

「いえね、アタシの取り越し苦労かもしれないけれど。希乃香のことだから、ずいぶん前から並んでも前のひとで売り切れるのが、目に見えるようで」

希乃香さんは不運で有名らしい。頬をふくらませた希乃香さんは、かえって闘志を燃やしたらしく、うんと早くから行けば買えるかもしれないとやる気を見せた。

一歩店を出ると、風が冷たく吹きつけてきた。

寒い夜は星がきれいだと、深玲が空を見あげる。

背中に、希乃香さんの明るい声が重なった。

「いってらっしゃい。明日もいいお日和になりますように」

＊

店を出す日は落ち着かない。

どんなに準備しても、青空市は、雨が降れば中止になるし、屋内でも晴れと雨では人出が違う。今年は雨が多くて、いつもより中止も多かった。このところ売上が振るわないのは、そのせいもあるだろう。

明けかかった空には暗い雲がたちこめ、いつ雨が降り出してもおかしくない。この段階で中止発表がないということは、運営側は、できるところまで粘るつもりなのだろう。

ようやく始発が動き出した頃、街はまだ眠り、ひとも車もあまりいない。唯一あかりのついた貴璃さんの花屋の前に相棒の中古のバンを停めた。頼んでおいたディスプレイ用の花は、想像以上にシックだった。そう伝えると貴璃さんはガッツポーズをつくってよろこんだ。

これから市場に向かうという貴璃さんは、透磨さんも早いですね、と言っていたが、今日は余裕のある方だ。日の出前から営業をはじめる骨董市もある。そんなときは深夜に搬入設営して朝日が出るのを待ち、買う方も懐中電灯で照らしながら品物を探して歩く。ほんものの宝探し気分が味わえる。

昔ながらの骨董市に加えて、ここ数年は、西洋骨董や北欧、和のもの、着物など、テーマのある市も増えてきた。定期的に開催されるものも、今日のようにイベント的に開催されるものもある。現場で何度か顔を合わせるうちに他の出店者と親しくなるケースも多くて、僕もそういう仲間と車に乗り合わせて、飛驒《ひだ》高山の市に参加したことがあった。

あの頃はみんな同じように、夢ばかり大きくて、理想が高くて、財布はすかすかだった。

搬入スペースに車を停め、出店受付を済ませると、出店者一覧の中に、なつかしい名前を見つけた。飛驒高山に誘ってくれた、大さんだ。たよれる兄貴分のような彼は、去年下北沢に実店舗を構え、イベントで顔を合わせるのはずいぶん久しぶりになる。

地図では大福の断面のように見える自然保護園前の広場に、五十店ほどのスペースがロープで区切られていた。自然保護園の入場ゲートに向かって中央通路は大きく開き、両側に西洋骨董や和骨董がゆるやかにエリア分けされ、配置されている。中央の列には子ども向けワークショップ用のテントがつくられ、西の奥にはフードカーが並ぶという。

僕のブースは北東の角。一番奥で大きなひとの波からははずれている。たぶん一般的にははずれ。でも僕にとっては、なかなかいい立地だ。通るひとは少ないが、その分、ゆっくり品物を見てもらえる。自然保護園の緑がいい背景にもなる。

鉄格子のフェンス越しに、池の水面が見えた。耳を澄ますと時折、アヒルやサルなどの動物の鳴き声が聞こえてくる。とすると、僕の左手に鬱蒼《うっそう》と茂る木々は、ミニ動物園のあたりだろう、イノシシがいるはずの。前園長が、自然保護園にも革新《イノベーション》が必要だと声高に言ったものの具体策に窮し、メスのイノシシ二頭を引き取ってカクさんシンさんと名づけた、という冗談みたいな逸話が気に入って、何度か見に行ったことがある。

搬入後、車を指定駐車場に移動させる道すがら、鮮やかな赤紫色の着物姿を見かけた。希乃香さんだ。一心不乱に自然保護園を目指している。入場者受付はだいぶ先だろうに、よほど和簞笥を手に入れたいのだろう。

品物を梱包から解く瞬間は、いつも気持ちが引き締まる。

僕が扱うのは、イギリスやフランスで見つけた古い生活雑貨だ。百年を超えたものをアンティーク、それより短いものをヴィンテージと呼ぶ。それぞれに、時を重ねた魅力がある。芸術作品が美術館に収蔵されるのと違って、市井の、しかも暮らしになじんだものは、価値が認められにくい。当たり前にそこにあるものだから、魅力に気づきにくいのだ。そのうえ、気軽に扱われるからこそ、役目を終えて消えるものも多い。

そういうもののほとんどはつくり手の名前も忘れ去られている。だけど職人の真摯さが魂のように宿ったものに出逢うことがある。それに気づき、大切に扱った誰かのおかげで、今ここに引き継がれたようなものだ。

そういうものに触れると、心の芯が、静かに澄むように思う。

言葉もなく、時間も空間も超えて、誰かと心を通じ合わせているように。

「甘い。相変わらず甘いよ、透磨。商売ってそんなに甘いもんじゃないよ」

店先のパイントグラスを手にして、大さんは顔をしかめ、値踏みするように品物を眺め回した。パブで使われたパイントグラス。花と果実の彫られたシルバーのゴブレット。虹色の膜をまとったインク瓶、花々が浮き彫りになった木の写真立て、ぬいぐるみ。翡翠色《ひすいいろ》のホウロウのウォータージャグには、貴璃さんが選んでくれた花が飾ってある。

「この品揃えでこの値付け？　まっとうな値段だけど、これじゃ客単価低すぎるじゃん。売れてもカツカツ、仕入れにもそう行けないよ。商売に大切なのは、まず、利幅。理想があるのは知ってるけど、夢を現実に引きおろすのも必要でしょ」

だから、まだ店が持てないんだよ、と暗に言われている気がした。

「いつまで続けんの？」

「それは……」

商材を見直して利幅の大きなものを扱うとか、流行りの品物を取り入れるよう、大さんはあれこれ助言してくれる。ピンバッジやキーホルダーなどの小物を扱っていた大さんは、普段使いできる手頃なコスチューム・ジュエリーに手を広げてから、商売の面白さに気づいた、と話す。

「透磨も、目利きもセンスも悪くないんだから、もっと派手にやればいいじゃん。伝え方がうまくない気がするんだよな。ウェブショップとかは？」

「ウェブもいいけど、実際に目で見て触れて、気に入ってくれたひとに届けたくて。これでも僕なりに工夫してるつもりなんだ、今回も品物に合う花を選んでもらった。けど、あんまり大きく凝ったことは。バイトもあるし」

バイトねえ、と大さんは腕組みをして、僕を見据えた。

「飛騨で会った麻香《あさか》さん覚えてる？　ハワイアンアンティークの。あのひとウェブショップが評判よくて本出してカフェまではじめて、すっかり人気店だよ。ミッドセンチュリー家具専門の崇史《たかふみ》さんも、北欧ものやってる徹也《てつや》さんも、フレンチアンティークの靖春《やすはる》さんも、実店舗なりウェブなり店持ってがんばってるよ。そりゃ辞めちゃったひともいるけどさ、みんなそれぞれ、がんばってる。透磨も、がんばれよ」

応援のつもりなのは、わかってる。だけど僕が間違いだと言われているようにも思えて、視線が落ちる。

その先には、非売品のショットグラスが、静かに、佇んでいた。

僕が扱う品々は、暮らしの中の必需品ではない。

だけど、それがあれば、日々の暮らしにほんの少し光がともり、毎日をささやかに照らしてくれるようなもの。たとえば気に入ったグラスで飲む一杯が、至福の時間を与えてくれるような。心に穏やかなさざなみを立て、おさまるべき場所へ連れて行ってくれるようなもの。

その小さな光を、感じ取ってくれる誰かに、大切に手渡したいのだ。

伝え方が下手、と言われたことを気にして、店先で品物を手に取るお客さんに話しかけてみる。すると彼らは、愛想笑いを浮かべて、すっと離れて行ってしまう。

中央通路はひとであふれているのに、この端までやってくるひとは少ない。

中央テントでは子ども向けのワークショップが行われていて、若い青年が子どもたちに折り紙を教えていた。ひとがひとを呼ぶのか、その界隈だけが賑わっていた。フードカーエリアも盛況だ。

しゃれたフードカーの中に、ひとつだけ交じった昔ながらの屋台に、長蛇の列ができていた。先頭にいるのは茶色いジャンパー姿のおじさんで、背中に描かれたにんにくのような模様を左右にゆらし、注文を迷っているようだ。特製のジャンボ焼き鳥を待つ列には、骨董市の客の他、制服姿の中高生らしき学生たちの姿もある。

「焼き鳥もいいけど、こういうのも、十分、魅力的だと思うんだけどなあ」

古いインク瓶を手に取り、曇り空にかざすと、小鳥のさえずりのような声がした。

「また、困ったような顔してる」

起きたらもういなかったから、と言いながら深玲は僕の隣に立ち、一緒に虹色にきらめく瓶を見つめた。

「きれいだね。銀化した、なんの瓶？」

「インクだよ。まだ蓋がガラスでつくられて、ナイフで切り落として使っていた時代のだから、口がぎざぎざ。ひとの手と、時間がつくった、うつくしいものだよ」

長いこと土に埋まり、化学反応を起こして、虹色の膜が張ったように見える。

深玲は赤い水筒に紅茶をたっぷり詰め、サンドイッチを買ってきてくれたらしい。

「朝ごはんには遅いし、昼ごはんには早いんだけど、一緒に食べようと思って。ここにもなにか売ってると思ったんだけど、あの行列じゃ」

焼き鳥屋台の行列はまだ動かず、列は二重に折り返し、運営スタッフが交通整理をはじめた。さきほどのにんにく柄のジャンパーのひとが、ようやく屋台を離れたところだった。

僕たちは折りたたみスツールに腰かけて、エビカツサンドをほおばった。エビカツはぷりぷりとして甘く、マヨネーズのきいたキャベツと胚芽パンとのバランスもいい。深玲は、疲れてるみたいでクエン酸がおいしいと、小袋のレモン汁をたっぷりとエビに振りかけた。

「売れ行きは順調？」

「まあまあだね。悪くない」

ひとつも売れてないなんて本当のことを言おうものなら、店番を手伝うと言い出しかねない。朝だって、ゆっくり休んでほしくて、声もかけずに出てきたのだ。安心したのか、深玲は、サンドイッチを食べ終えると、帰っていった。

深玲を見送る視界の端に、赤紫の着物姿が映った。

希乃香さんは、鉄格子のフェンスにもたれかかっているように見えたが、突然くるりと背を向けて、押したり引いたりを繰り返す。なにかフェンスに引っかかりでもしたのだろうか。そのうちに、急にバランスを崩して、足元の大きくふくらんだビニール袋にけつまずいて、転んだ。

近寄ろうとしたところで、名前を呼ばれた。

「透磨さん、やっぱりこの取り合わせ、すてきですね。よかった」

「貴璃さん。来てくれたんですか」

翡翠色のジャグに合わせたいと話すと、貴璃さんはクリーム色とくすんだピンクの薔薇を中心に花をあつらえてくれた。古い木のスツールに飾ると、とてもよく映えた。長い時間をすごしてきたものと、今この瞬間を生きる花。詩情を感じる取り合わせだ。

隣に立つ旦那さん、央樹さんは、棚に並べたガラスの酒器に目をとめて、あのショットグラスを手に取った。

「すみません、それだけは、非売品なんです。店のお守りのような品で。ええ、そちらは大丈夫です。そのウイスキータンブラーは、僕が最初に仕入れた品物のひとつなんですよ。職人さんが吹きガラスでつくったものなので、少し気泡が入っているでしょう。譲ってくれたひとは、『ここには、言葉と感謝がしみ込んでいる』って言っていました」

百年以上の時を経たガラスは、個々に表情が違う。世の中が便利になり、製品としての品質もあがった中で、こういう昔ながらのものに惹かれるのは、ひとの気配を感じやすいからだろう。いびつだったり、整いきらないところに、ぬくもりを感じるのは、もしかすると僕たち自身の姿を重ね合わせるからかもしれない。

そう話すと、央樹さんは何度も頷きながら、共感してくれた。

「手にしっくりなじみますね。いいなあ、こういうの。心が旅に出かけるみたいで」

「そう、そうなんですよ。グラスで味が変わりますし、目の前の世界がほんの少し違って見えますよね」

「蛙の子は蛙、ロマンチストの子はロマンチストですよね。私、こういう話が大好きなひとをもう一人知ってますよ」

貴璃さんを尻目に、央樹さんは他の品々も物珍しそうに眺めて、タンブラーを買ってくれた。

「ところで透磨さん、あそこの屋台って、行列してました？」

貴璃さんが、焼き鳥の屋台を指さした。さきほどの長蛇の列は消え、他のフードカー同様、数人がのんびりと注文を待っている。他にも、学生が浮かれていなかったかとか、茶色いジャンパーのおじさんを見なかったかとか、いくつかの質問をされた。

折り紙のワークショップをやっていた青年は央樹さんの後輩らしく、屋台の行列にいるのが、央樹さんたちの捜しているひとではないかと、連絡してきたそうだ。

「見ず知らずの学生に食事を、おごってくれるんです」

貴璃さんがあまりに深刻に言うので、僕は思わず吹き出してしまった。

「それ、ただの親切じゃありませんか。僕も前にそういう太っ腹なおじさんを見かけましたよ」

ふらりと入った定食屋でのことだった。注文はやたらと遅いのに食べるのが妙に早く、おじさんは早々に店を出たが、その場にいた高校生や大学生の分も会計を済ませていたらしい。会計しようとした彼らが困惑していたのを覚えている。

「最近このあたりでよくあるみたいなんです。理由がわからないから〝謎ごち〟って呼ばれていて」

央樹さんと貴璃さんは、高校時代にそのおじさんにごちそうしてもらったことがあって、最近もその場面に出くわしたらしい。だけど問題は、おじさんの姿が二十年近く、まったく変わらないことだという。

ここだけの話、と央樹さんが声をひそめた。

「年を取らないひとか、時間旅行者じゃないかと、思ってるんですよ」

「それはまた……」

ずいぶんと、ぶっとんだ考えだ。

ジョークなのか本気なのか、反応に困っていると、央樹さんは真剣な調子で続けた。

「年を取らないひとなら、うちの会社の研究に協力してもらおうと思うんですよ。抗加齢医学は注目分野ですからね、新薬の開発に役立つはずです。時間旅行者なら、確実に未来人ですよ。未来を聞き出せたらなんでもうまくいくじゃないですか」

「そんなこと考えてたの？　私、あのときのお礼を言うためだと思ってたのに！」

まあそれもある、と央樹さんはバツが悪そうに言葉を濁した。

言い合いになる二人におろおろしていると、店の前を着物姿のひとが通りかかった。

「希乃香さん！」

渡りに船とばかりに声をかけると、希乃香さんは肩を落として、大きくふくらんだビニール袋を手に、ゆらゆらとこちらへ歩いてきた。

志満さんは骨折などの大事には至らなかったそうだが、怪我はまだ痛むらしい。それより、病院でおばあちゃんと呼ばれたことに文句を言っているというから、気持ちはお元気そうだ。

貴璃さんたちもそれを聞くとほっとした表情を見せた。

「和箪笥は無事に手に入りましたか？」

「それが……」

思い詰めた表情で、ビニール袋から取り出したのは、卓上サイズの和箪笥だった。

希乃香さんはずいぶんとがっかりしているが、悪い品ではない。ひっくり返してみると、底にK．O．と墨文字がついているものの、状態も引き出しの滑りもよく、他に不具合もない。ひとつだけ底の浅い引き出しがあるが、つくりもしっかりしているし、隅金具や飾り板も凝っていて、むしろよい品に思えた。

「チラシでは五千円弱でしたね。そこまで古いものじゃなさそうですけど、状態もいい。まともに買えば二、三倍はしますから、そう悪い買い物ではないですよ」

「サイズが……。こんなに小さいとは、思いませんでした」

着物を入れたかったそうだ。この値段でそれはなかなか難しいと思うのだが、超目玉激安、とうたわれたチラシの文句に、期待したらしい。それであれだけ熱心に、早くから並んでいたのだという。チラシの片隅に書かれた、ケシ粒のように小さなサイズ表記に、希乃香さんはうなだれた。

「わたし、不運なんですよね。せっかく長いこと並んで買えたジャンボ焼き鳥も、イノシシに食べられてしまいましたし」

さきほどのようすはどうやら、鉄格子フェンスの向こうのイノシシと、焼き鳥を引っ張り合っていたところらしい。希乃香さんは恨めしそうに視線をそちらへ向けた。

「木と木の間から、にゅうっと鼻先が突き出てきたんです。すっごい力なんですよ。フェンスが変な音を立てて軋んでましたし、ぐらつくほどで」

たしかに、急にバランスを崩して、よろけていた。

「希乃香さん、イノシシと互角にやり合おうと思うのが間違いですよ。危ないもの。焼き鳥くらいで済んでよかったじゃないですか」

貴璃さんにそう諭されて、希乃香さんはしぶしぶ頷いた。

イノシシは神経質で警戒心が強く、普段見慣れないものは避けようとするらしい。猪突猛進と言うが、実際にはまっすぐにしか進めないわけではなく、急停止や横跳びもするそうだ。とはいえ、かなりの速度で走るしジャンプ力も高く、突進されると大人でも簡単に撥ね飛ばされるという。カクさんシンさんのそばに説明板が立っていた。

央樹さんと貴璃さんが、後輩のもとへ立ち去ると、希乃香さんは花の彫られた写真立てを手にした。

「すてきですね。もうすぐ志満さんの誕生日なんです。包んでいただけますか?」

「志満さん、おいくつになるんですか?」

「ハタチです」

リボンを結ぶ手が滑った。冗談かと思いきや、正確な年齢は希乃香さんも知らないらしい。

「祖父とすごしたのが、ハタチのときだったそうで。わたし、祖父を捜してるんです。祖母に愛想を尽かしたのか、行方をくらましてしまったらしいのですが。透磨さん、こういうお仕事だと探しものも多いですよね。コツはあるんですか？」

「僕はただひとつの正解を設定して動くことは、あまりないんです。大切な兆しを見逃しそうな気がして。仕入れのときに気にするのは、耳を澄ませることと、目を凝らすことです」

「耳と目ですか？」

「ひとの話を聞くんです。こういうものを持っているひとはいないか、街のひとにたずねるんですよ。心当たりを紹介してもらったら、目を凝らす。偶然任せと言えばそうなんですが、本当に偶然なのか不思議なほど、あとから考えると、恵まれた出逢いをしていることが多いですよ」

もちろんたまにはひどい目に遭うこともあるが、それもあとになると、とびきりの出逢いにつながるために、必要な一歩だったと気づく。

志満さんは昔、金春町の芸者さんだったという。あの凜とした空気感と、うつくしい立ち居振る舞いに、合点がいった。希乃香さんはおじいさんの出身地をたずねたものの、足取りはつかめなかったそうだ。

「時間が経っているせいか、手がかりもあまりなくて。二人が出逢ったという洋食店へ行ってみたんですが、コインパーキングになっていました。街並みも新しいビルが多くて。当時の面影はもう、どこにも」

希乃香さんの視線が落ちた先に、水滴が落ちた。

涙かと思いきや、あたり一面が水玉模様に染まっていく。

雨だった。

見あげると、雨を孕んだ黒雲が、街を覆っていく。広場に、中止を告げるアナウンスが流れはじめた。

その日の売上は結局、央樹さんと希乃香さんの買ってくれたもののみ。出店料を差し引くと、手元にはほとんど残らなかった。

いつまで続けんの、という大さんの声が、聞こえた気がした。

*

予定を考えるたび、大さんの言葉を思い出した。

カレンダーに書いた数か月先までの出店予定は地方も多く、出店料に加えて、交通費や宿泊費などの経費もばかにならない。

売上は、そこそこ黒字とぎりぎり赤字を行き来している。持って行った商品のすべてが売り切れたことは、一度もない。大きく赤字が続けば辞めざるを得ないのに、ぎりぎり踏み留まるかわりに、大きく黒字に転じることもない。気持ちひとつを糧に、続けているだけなのだ。もう、何年も。

いつまで続けるのか。

出店の合間に、バイトのシフトを入れながら、僕はずっと、問い続けている。


駅に近い商業施設にあるせいか、カフェは遅い時間まで賑わっている。僕は遅番に入ることが多くて、今日も店に立つと、パートの新島《にいじま》さん、学生バイトの章人《あきと》くんがすぐにやってきた。勤務交代に向けて、一通りの申し送りが済むと、新島さんが、声のトーンを一段低くした。

「透磨くん、今日たぶん面談あるよ。あたしも店長に呼ばれてるの」

「昨日シフト入った赤羽《あかはね》さんと多江《たえ》さんから聞いたんすけど、雇用体系見直すらしいすよ？本部からお達しがあったって」

「それ、人員整理ってことですか」

スタッフルームから店長が顔を出し、新島さんを呼んだ。閉店間際になると章人くんが呼ばれ、閉店後に僕が呼ばれた。

細長いスタッフルームは、ただでさえ狭いのに、積み重ねられた資材の段ボールがあちこちで幅をとり、中央の長机にもキャンペーン商材が積みあげられて、僕と店長は座布団一枚ほどのスペースで向き合った。

忙しいところ悪いね、と店長は片手で拝むようにして、手帳を開く。

「本部から、通達があってね。スタッフを見直すようにって」

軽く頭を掻きながら、店長は言葉を探しているようだった。

働きやすい職場だった。人間関係も悪くなく、なにより店長が僕の夢を応援してくれて、休日のシフトは極力融通してくれていた。でも、仕方ない。次の仕事を探さねば。

「僕は整理対象ということですね。今までお世話になりました」

「いや、整理は整理なんだけど、君には社員登用の話なんだ。待遇はぐっとよくなると思う」

想像もしなかった。店長の話す社会保険や休日日数の話が、どこか他人事に聞こえる。話が給与体系に及ぶとようやく現実なのかとぼんやり思い、毎月それだけあれば、二人で慎ましく暮らすには十分だと思えた。

「ただ、勤務日数はぐっと増えるし、休日も積極的にシフトに入ってもらうことになる」

店長は上目遣いに僕を見た。ふつうに考えたら、いい話に違いないのだ。だけど即答できずに、考えさせてほしいと申し出て、スタッフルームをあとにした。

夢は、明日を迎える希望になるのは間違いないが、よく効く薬が劇薬なのと同じで、扱いを間違えば、自分を蝕む毒にもなる。夢が夢なのは、現実にその状態が起こっていないからだ。その差異が、ずっと自分を苦しめる。夢を追うことは、決してうつくしいことだけではなくて、その苦しみと痛みを、同時に背負うことでもある。

つまり、僕は、決めなければいけない。

夢をこの手で握り潰すかどうかを。

家に着いたのは、いつものように、日付が変わってからだった。

珍しく深玲が起きていて、窓際の小さなダイニングテーブルには、アップルパイがふたつ、並んでいた。

「どうしても食べたくて。買ってきちゃった」

これも、と出されたのは、いつもは横目で眺めるばかりで買わない、緑色の瓶入りのビール。ちょっといいビールとスイーツなんて、お祝いのようなのに、僕にはその理由がまるでわからない。

「ごめん深玲、今日ってなにか特別な日だった?」

「特別な日に、なったの」

どうしても今日話したくて、と深玲は、僕の前に一枚の紙きれを差し出した。白と黒の陰影があるばかりで、それがなにかも、僕にはわからない。

「なに? この白黒の、扇みたいなの」

「写真なの。超音波写真」

もしかして。それは。

「三か月だって。予定日は、夏の終わり頃」

深玲は、小鳥のさえずるような笑い声を立てて、アップルパイをついばむ。透磨に似てるかな、私かな、と楽しそうに言いながら。

濁流のようにうねるこの気持ちを、なんと呼べばよいのか、僕にはわからなかった。

子どもができた。

それはうれしいことでもあり、同時にとてつもなく不安でもあり、生きることと暮らすこととの現実の重みがぐっと増す、重石のように思えた。夢なんて儚く甘いものを、たやすくかき消してしまうだけの、力がある気がした。

「臨月から産休に入ろうと思うんだけど、将来のこととかも、考えなきゃって」

人生の潮目が変わるときなのかもしれない。

「今日、実は、社員に誘われたんだ」

深玲は、おめでとう、と顔をさらにほころばせる。

「認められてよかったね」

アップルパイを口に運んだが、なんだか、味がしなかった。先に食べ終えた深玲が、肩をすくめる。

「これもおいしいけど、イギリスで食べたのとは違うね。りんごが違うからかな。この間のお店のアップルサイダー、おいしかったなあ」

「明日、早番なんだ。帰りに買ってくるよ」

深玲のうれしそうな笑みに、自分はもう夢を見る側でも追う側でもなく、それを守る立場になるのだと言い聞かせる。明日の予定に、うしろむき夕食店、と書き加えて、予定していた骨董市の出店を、すべてキャンセルした。


あの日と同じように、ステンドグラスの扉の前に立つと、胃がぎゅうっとちぢこまった。チーズや肉の焼ける香ばしいにおい。夕飯は家で、と思っていたのに、決心は簡単にゆらぎそうだ。

お帰りなさいと迎えてくれた希乃香さんは、今日もポップなクリーム色と水色の千鳥柄の着物を着こなしていた。

「この間はありがとうございました。透磨さんのおかげで、手がかりが見つかったんです。コインパーキングのまわりのお店に片っ端から聞いて歩いたら、洋食店はかもめ橋に移転したとわかって」

カウンターの端に、例の和箪笥がのっていた。

あたたかいおしぼりを渡してくれる志満さんの左手には包帯が巻かれ、痛々しい。

ホットアップルサイダーの持ち帰りを頼むと、希乃香さんはうれしそうに志満さんと視線を交わした。

「よかったです！　ちょっと特別なりんごで、仕入れに迷ったんですけど」

「もしかして、調理用のりんごじゃないですか？　僕と妻は、それがもとで知り合ったんです」

せっかくだからつくり立てを、との申し出をありがたく受けて、一杯飲んで待つことにした。

ビールを頼んだものの、料理は相変わらずどれもおいしそうで、どうしたってお腹が空いた。

家で深玲が待っているからあれこれ頼むわけにもいかず、一皿を選び出さなければいけない。

迷っていると、テーブル席の客が、おみくじ、と手を挙げた。

聞き違いではなく、どうやら料理の名前が書いてあるらしい。興味をそそられて、白木の三方を持つ希乃香さんを呼び止めた。

選び出したおみくじには、料理が書かれているだけではなかった。驚いて、志満さんに文字を見せた。

「『失せ物いずるメンチカツ』。吉とかじゃないんですね」

「おみくじは、もとは和歌が書かれていたそうです。想像力を羽ばたかせて、神さまや仏さまからのメッセージをひもといたのだとか。どう解釈して、自分に当てはめ、行動するか。当たるも八卦、当たらぬも八卦ですけれど、吉凶よりも、なんだか広がりがある気がしましてね」

志満さんはメンチカツを用意すると言って、厨房へ姿を消した。

お通しの春菊のナムルは、ごま油が春菊特有の香りを引き立たせていた。添えられた鶏皮カリカリ揚げの食感と、ぬか漬けたまねぎのうまみと辛みのバランスは、ビールにたまらなく合う。

味わいながら、おみくじの言葉の意味を、つらつら考えた。

夢を追うかわりに失くしていた現実の重みを、受け止めるべきとき、なのかもしれない。

これで、いいんだ。きっと。

飲む端から、酔いが醒めるようで、たまらず希乃香さんにウイスキーを頼んだ。

「透磨さんて、おいしそうにウイスキーを飲みますね」

「昔、飲む詩だ、って教えてくれたひとがいたんです」

ウイスキーの香りは、曇ったロンドン郊外の空と、師匠のようなひとを、思い出させた。


第一印象は、ひどいダミ声だった。

頭の上から降ってきた、バナナの皮もないのによく転べるな、という言葉と、割れ鐘のような笑い声。

ゆったりした話し方は、片言しかわからない僕にも、聞き取りやすかった。顔をあげると、目の前の古道具屋に座るスキンヘッドの老紳士が、にやりと笑いかけてきた。

そもそも僕は、立ち並ぶアンティークマーケット見物に訪れたわけではなくて、馬を見に来たはずだった。

イギリスという国は、王室がレースを主催するほど競馬が盛んだと耳にして、一度くらい見ておこうと、郊外の競馬場に足を運んだのだ。中心部から四、五十分ほど電車にゆられて着いたその場所には、不機嫌そうな曇り空の下、馬のかわりに、アンティークマーケットが立ち並んでいた。

正直、またか、と思った。この国では、考えられないようなことが頻繁に起こるという経験則ができていた。たとえばバス停で待っていてもいつまでもバスが来ないと思ったら、どこかの工事を理由に勝手に路線変更して別な通りを走っていた、など。

プロフェッサーと名乗った老紳士に、競馬場はなくなったのかたずねると、彼は目を見開きあの割れ鐘のような笑い声を立てて、星のせいだと、言ったのだ。

僕はその言葉を知らなくて、電子辞書を差し出して、プロフェッサーが示す、星座という意味の言葉を知った。

星のめぐりあわせ、というようなことを言いたいらしかった。

競馬場はなくなったわけではなく、月に二回だけ、早朝からアンティークマーケットが開かれるのだと、プロフェッサーは教えてくれた。はるばる遠方から来た日に競馬が見られないのは星のめぐりあわせで、きっとなにかの意味があるのだろう、たとえば運命的な出逢いをするとか、と言ってウインクした。

そのときも僕はたぶん、困ったような顔をしていたんだと思う。

プロフェッサーは、人差し指をぴんと立てて、店の奥に僕をいざなった。グラスを光沢のある布で念入りに拭いて、傍らのスキットルを手にする。その銀色の小型水筒から注がれる琥珀色の液体に、ペットボトルの水を少し足して、僕に差し出した。

ちょっといびつで、気泡も入ったそのグラスは、素人目にも価値の高い品には見えなかったけど、手に吸いつくようにしっくりなじんだ。

プロフェッサーは打ち明け話でもするように声をひそめ、このウイスキータンブラーは、港町の酒場で使われていた、特別なものだと言った。

ウイスキーは、飲む詩だ。

そこに溶け込んだ、ひとの思いと時間の連なりと天使の祝福を、読むように味わえる。酒場で船乗りたちが、帰港のよろこびと感謝を口にしながら、ゆっくり味わったタンブラー。

だから、ここには、言葉と感謝がしみ込んでいるんだ。

プロフェッサーはそう言うと、お気に入りだというショットグラスにウイスキーを注ぎ、チアーズ、と掲げた。

そうして飲んだ水割りは、感動的なほどおいしくて、時を超えてその船乗りたちとグラスを打ち鳴らしたような気になった。

もちろん、プロフェッサーはその後、心配しなくていい、ちゃんとまけてやるから、とちゃっかり値段交渉を持ちかけてきたのだが。

「お待たせしました、メンチカツです」

三個のゴルフボールほどの揚げ物が、差し出された。

箸でふたつに割ると、断面にちらほら白いものがのぞく。食べてみれば、肉汁のうまみのところどころに、ほくほくとやわらかな食感と独特の風味が、心地よいリズムを奏でた。

「クワイなんですよ。いつもはれんこんを使うんですけれど、ちょうど八百屋さんが名残のクワイを持ってきてくれて。芽が出る、って縁起ものですし、せっかくだから」

説明の途中でふたつ目を割ってみれば、今度は太く白っぽいものが、にゅうっと伸びる。チーズだ。久しぶりに胸が躍る。こんなふうにわくわくする感じを誰かに手渡せたら、どんなに楽しいだろう。

「中身が違うんですね」

「そのときの気分であれこれ変えるものですから。みなさん、見た目は一緒だけどいつも違うって、驚いてくださいます。だけど、最後のひとつだけは、いつもの定番」

断面に白と黄色の円が姿を現した。卵だ。うずらかなにかの。

オレンジを帯びた黄身が、ゆっくりと、皿の上に流れ出る。

昔は、玉子コロッケと呼んだんですよ、と志満さんが笑う。

それは紛れもなく、スコッチエッグだった。プロフェッサーと何度も一緒に食べた、あの。

「なつかしいひとを、思い出します」

「そう言っていただけると、うれしいわ。特別なお料理ではないから、いつかの記憶と結びつきやすいのかもしれませんね。それも、なにかの兆しのひとつかもしれませんよ」

「兆し、ですか」

「おみくじの言葉もそうですけれど、小さな兆しは、未来を少しだけ見せてくれる気がするでしょう？　よく見ればかすかな光に気づくはず。その小さな光に助けられることだってありますよ」

志満さんの言葉は、くらくらするほどプロフェッサーの言葉に似ていて、僕はウイスキーを口に含んだ。


プロフェッサーと名乗るくらいだから、彼はたしかに物知りで、美術史のおおまかな流れや、アンティークとヴィンテージの違いなどを平易な言葉で教えてくれた。

プロフェッサーの店の品はどうだと問うと、にやりと笑い、私の店は星の光を売っている、と囁いた。

店先に並ぶのは、お世辞にも、光なんて呼べる代物じゃなかった。

輝きを失った金色の燭台、薄汚れたぬいぐるみや写真立て。一番価値がありそうな銀のスプーンも、セットではなくちぐはぐだった。

星のめぐりあわせでここへ来たというガラクタは、プロフェッサーが語る来歴に耳を傾けるうちに、内に光を宿したように感じ、ささやかだけど大切なものに姿を変えた。

ガラクタだと思えば、ガラクタにしか見えなくなる、とプロフェッサーは言った。

だけど、同じものを目にしても、心持ちひとつで、見えるものは変わる。

光は、与えられるものじゃない。目を凝らして、自分で、見つけるものだ。

私は、星のめぐりあわせで出逢った光を、誰かに手渡す仕事をしているんだ、と。

店じまいを手伝う頃にはすっかり魅せられて、僕にはむくむくと夢の種のようなものが生まれていた。

店を片づけると、僕らは近場のパブに行き、スコッチエッグで一杯交わし合った。

プロフェッサーはスコッチエッグを割り、黄身をさして、光が見つかった、と子どもみたいにはしゃいでは、チアーズとグラスを掲げた。

その言葉は、乾杯だけでなく、別れの軽い挨拶や、感謝を伝えるのにも使われる。

滞在中、彼の仕事を手伝い、何度もスコッチエッグで乾杯した。

プロフェッサーの声が、グラスから聞こえてくるように思えた。

でも、その夢はもう。小さなため息がグラスに落ちた。

「目を凝らしても、光が見えないときには、どうすれば？」

「どうしようもないことや、志半ばにして膝を折ることも、生きている間には起こります。そういうときでも、時間は流れて、お腹は空きます。真っ暗闇に思える夜空でも、見つめるうちに目が慣れて、星の光が見えてくるでしょう。それでも見えなかったら、うしろを振り向いてみるんです。これまでやってこられたこと、できたことをね。忘れてるだけで、たくさんあるはず。そこに光は必ずありますよ」

たしかに、今までカツカツでも続けてこられたのは、受け取ってくれたひとがいたからだ。僕の差し出すものに、心を重ねてくれたひとたちが。

「志満さんにもそういうこと、ありましたか。思うようにいかないこと」

「そりゃあいっぱいありましたよ。悩みも、迷いも、たんまりと。希乃香が転がり込んできたときも迷いましたしね。今もありますよ、店を閉じる時期なども。こう不自由を経験しますと、よけいにね」

志満さんは、左手に巻かれた包帯を見つめた。あまりだらだらと続けるのもね、と聞こえた気がした。

スマホが震え、出店通知が届いた。

キャンセルしたはずの骨董市なのに、なぜか手続きできていなかったようだ。もう一度キャンセルしようとしたとき、おみくじが目に入り、手を止めた。

これもなにかの、兆し、なのかもしれない。

驚きを包むメンチカツに出逢えたのも。

「今日僕がここに来たのも、星のめぐりあわせなのかもしれませんね」

「誰かがあなたのしあわせを祈っているのかもしれませんよ、あなたが誰かのしあわせを願うように。祈りは相手のもとに届くとアタシは思うんですよ。目に見えない形に、星のめぐりあわせみたいな、小さな兆しになって」

「わたしも信じていますよ！　透磨さんと深玲さんのしあわせ」

希乃香さんは、まずはりんごがおいしいしあわせになってくれますように、とホットアップルサイダーの瓶を手渡してくれた。

「深玲も僕にとってはりんごになるんです。イギリスでは、かけがえのないひとやもののことを、目の中のりんご、って言うそうで」

帰国間際、りんごのおかげで出逢った、と深玲を紹介すると、プロフェッサーは飛びあがらんばかりに祝福してくれた。とびきりの星のめぐりあわせだと言って、深玲を僕の目の中のりんごと呼び、その意味を教えてくれた。別れ際にあのショットグラスを、お祝いだと、渡してくれたのだった。

志満さんは、すてきなお話のお礼にと言って、りんごを手にした。

横向きにすとんと切って、断面を僕に向ける。

「りんごにも、星があるんですよ」

そこには、五つの種が、星の形を描いていた。

星と星が結ばれた星座に物語があるように、ひとの暮らしの中にも、兆しがぽつぽつと浮かび、それが結び合わされて、物語のように意味を持つ。

志満さんの言う兆しが、星座のように、像を結んだ気がした。


「透磨さん、もしよかったら、ちょっと見ていただけませんか？」

希乃香さんが、あの和箪笥を持ってきた。引き出しのひとつが開かなくなってしまったそうだ。

「このハートの飾り板がかわいいなと思って開け閉めしていたら、急に」

「希乃香、それは猪目《いのめ》と呼ぶの。イノシシの目の模様。昔から魔除けに使われてきたんですよ」

ハートに似た形のどこがイノシシの目なのかと希乃香さんが首をひねっていると、志満さんは手近な紙に絵を描いて、説明してくれた。

「これは……イノシシ、なんですよね？」

「ちょっと豚っぽくなっちゃったかしら」

「志満さん、四ツ足の毛虫にしか見えません」

イノシシの目のどの部分なのかは結局わからなかったが、開かないのは、以前、底が浅いと感じた引き出しだった。

「木ですからね。湿度や温度でふくらんだり、ちぢんだりして、開閉しづらくなることがあるんですよ。あんまりひどい場合には、修理した方がいいかもしれませんけど」

前後左右にゆさぶり、上下の引き出しをはずして、マイナスドライバーを隙間にねじこんで動かすと、手応えがあった。

「あ……!」

開いた引き出しから、白紙の便箋と、モノクロの写真がこぼれ落ちた。二重底になっていたらしい。手でちぎられたような写真には、着物姿に日本髪のきれいな女のひとが写っていた。

「写真のうしろになにか書いてありますが、達筆すぎて。志満さん読める?」

志満さんは、その文字を目にすると、血相を変えて写真を表に返した。

「これは……金春町、登満鶴《とみつる》と書いてあるの。アタシの昔の写真ですよ」

「じゃあもしかして、この写真の半分には」

希乃香さんは、和箪笥をひっくり返して、K.O.と書かれた底面の墨文字をなぞり、小島孝一さん、と呟いた。

＊

人生で最後かもしれない骨董市は、幸運にも晴れ、結果がどうであれ、いい幕引きができる気がした。かもめ橋の、海に面した公園で開かれるアンティークマーケットは規模も大きく、全国各地から二百弱の出店がある。古道具の他に、古着、古本やレコードなど、出店者も多岐に亘り、人出もかなり見込まれる。

最後にもう一度だけ、賭けてみようと思った。

商品を並べ終えると、これまでとはいっぷう変わった風景ができあがる。テーブルやディスプレイ台がわりのスツール、革トランクにも、ずらりと並ぶのは、色とりどりのリボンをかけた、白い箱だ。商品そのものは見えない。

うしろむき夕食店のメンチカツにヒントを得て、驚きと、僕が感じる光そのものを、届けてみようと思った。もともとキャンセル料を支払ってやめるつもりだったのだ、売れ残っても、キャンセルしたと思えば諦めもつく。

でも、もし商品がすべて売り切れたら。

続けてもいいという、兆し、かもしれない。

もちろん今日が最後になる可能性の方がずっと大きくて、けじめをつけるために、プロフェッサーから譲られたあのショットグラスも、箱に入れて、商品と一緒に並べた。縁あるひとのもとに旅立ってくれと祈りを込めて。

すべての商品には封筒を添え、値段と、ものにまつわる話を書いた。

時の重なりに育まれたかけがえのない物語は光を放ち、僕たちの暮らしをささやかに照らす。それを手にする僕たちにもまた、数限りない兆しと選択によって結び合わされた、僕たちにしか描くことができない物語がある。

そのふたつは星のめぐりあわせによって出逢い、新しい物語を紡ぎはじめる。

珍しそうに店を眺めていくひとは少なくなかった。

だけど一旦は手に取るものの、もとの場所に戻して、立ち去ってしまう。ディスプレイ台に飾った、貴璃さんのリースだけを見ていくひともいる。貴璃さんは身内に宣伝すると言ってくれたが、それらしきひとが訪れることもなく、時間ばかりがすぎた。

ただ一人、熱心にあちこちの封筒や箱を開ける初老の女性がいたが、封筒の中身が創作かをたずね、違うと知ると、落ち着かないようすで立ち去ってしまった。一目でヴィンテージの一点ものとわかる上質なシルクのシャツを着た、アンティーク通のマダムに見えたから、もしかすると、骨董的価値が高くないのが、気に入らなかったのかもしれない。

やっぱり、今日が最後なのだろう。

社員登用の話が出たのは、むしろ、幸いだった。いつか時間が経ったときに、あのとき諦めてよかったと、思えるのかもしれない。

ため息がこぼれたところに、思わぬ顔が見えた。

「店長？」

出勤前に立ち寄ってくれたのだという。

「一度も来たことなかったからね。透磨くんのやりたいこと、見ておきたいと思って」

「この間のお返事、次のシフトのときに、お話しさせていただきます」

もう決まったようなものなのに、次のシフト、と言ってしまう自分の未練がましさが、滑稽に思えた。

「いい返事を待ってるよ」

店長は、一番小さな箱を手に取った。封筒を開けると、すぐさま財布を取り出す。ほんの一瞬、値段を確認しただけのようだった。農家のおばあさんが冬に手づくりしたことも、中に小さなリスが彫ってあることも、きっと読んでいない。

「割といい値段なんだね」

「ひとつひとつ、手づくりなんです。くるみの殻に蝶番《ちょうつがい》をつけて箱にした、小物入れで」

店長はコートのポケットに箱をしまうと、片手で拝むようなしぐさをして、背を向けた。

気持ちが静かに冷えていく。

夢を諦めてしまえば、こんなふうに胸が疼くことも痛むことも、ないのだろう。

その後も大して売れず、僕は引き取ってくれそうな同業者を思い浮かべながら、のろのろと搬出の準備をはじめた。

「まあ、大変！　もうおしまいかしら」

声の主は、あのアンティーク通のマダムだった。背後からは十数人ほどの老人たちがわらわらと姿を現し、我先にと封筒を開きはじめる。

間一髪ね、とマダムはひと息ついて、口を開けたままの僕に向かって微笑んだ。

「趣味も気も合わない嫁が一人おりますの。気に入りそうなお店があるとすすめられたのだけど、半信半疑だったの。信じてみてよかったわ。ロマンあふれるお店に、久々に出逢えて」

面白いお店があると、サークルで出逢った同好の士たちに、慌てて連絡を取ってくれたのだという。

「どれも佇まいがとてもいいわ。用の美というのかしら。真摯につくられ、大切に使われなければ、こうはならないもの。それにあのお手紙がすてき。ロマンがあるわ」

老人たちの楽しげな雰囲気に誘われてか、訪れるひとも増え、たぶん僕はこの仕事に携わって以来の忙しさを経験した。マダムは両手に抱えるほど箱を差し出した。

「お店はどちらにおありになるの？」

「ないんです……まだ」

「なら、ぜひ。楽しみに待っているわ。今日来られなかったお友達も多いの」

僕がここにいてもいいと言われているようで、胸が熱くなった。

マダムと老人たちが去っていく頃には、小さな箱ひとつを残して、品物は売り切れていた。はじめて目にする空っぽの店の風景は、僕をこの上なく満ち足りた気分にしてくれた。

小さな箱は、リボンもとれ、封筒もどこかへ消えていた。値段がわからなかったためか、売れなかったようだ。

これを売れ残ったと捉えるか、不可抗力と捉えるか悩んだ末、僕は箱をあけた。

中から出てきたのは、プロフェッサーの、ショットグラスだった。

チアーズ、というプロフェッサーの声が、聞こえた気がした。

家に帰ると、深玲がテーブルに突っ伏して眠っていた。毛布をかける肩越しに見えた、開いたままの本やノートは、なにかのテキストのようだった。目を覚ました深玲は、おかえり、と目をこする。

「勉強？」

「そう。前に話したでしょう？　将来のこと考えなくちゃって。ちょっと気が早いけど、復帰したら昇進試験受けようと思うの。お給料もちょっとあがるし。生まれてくる前に、進められるところまで、進めようと思って」

収入の話に気持ちがゆれた。だけどあの、満ち足りた気持ちと、待っているというひとことも、忘れられない。マダムは月見が岡に住んでいるらしく、たくさんお友達を連れていけるから、店を構えるならぜひ近隣に、とも言ってくれていた。でも。

「今日店長が来て。社員になる話……」

深玲はまじまじと僕を見て、小鳥のような笑い声を立てた。

「透磨は、お店を開かなくちゃ」

「だけど」

「透磨、社員に誘われた話のとき、笑ったような顔してたよ。本当に困ると、そうなるもの。ちなみに、今も」

深玲は、立ちあがると、冷蔵庫から、りんごジュースと、ウイスキーを持ってきた。

「いいの？　もう少し、続けても」

「少しじゃなく、叶うまで、続ければいいんだよ」

深玲は棚を捜して、あのショットグラスは？　とたずねる。

鞄から取り出したグラスをきれいに洗って、ウイスキーを注いでくれた。

「甘いりんごはそのまま食べられるけど、すっぱいりんごは、そのままじゃすっぱくて食べられない。でも、調理したら、とびきりおいしくなるでしょう。透磨は今、調理中なんだよ。ウイスキーに熟成する時間が必要なのと同じ。私、とびきりおいしくなるって思うし、応援してるもの」

進む毎日が、たとえ闇夜のようでも。

夜空に散らばる星々を線で結んだ先人たちのように、見える光を結び合わせるうちに、思いもよらないものが、見えるのかもしれない。

限られたはずの生の時間の中、兆しが連なって大きな物語が見えたとき、僕らはたぶん、生きる、っていうことを、うっすら感じるのだろう。

合わせたグラスが、楽器のようなきれいな音を響かせた。

「乾杯！」

五の皿

待ちびと来たるハンバーグ

――さきほどから、車両内に響く同じアナウンスが、くぐもって、遠のいていく。まぶたが重くて、意識を手放すと、わたしはあの日の風景の中にいた。

私鉄、並木台駅で下車。

北口、いちょう並木の坂を、十分ほどのぼる。

T字路の手前、駅から数えて八番目の曲がり角を左。

「八つも、なかったけど……」

几帳面な文字の葉書を手に、わたしは並木の最後の一本の下で、立ち止まった。キャリーケースに風呂敷包みを置き、うしろを振り向くと、なだらかな下り坂が駅まで延びていた。またあそこまでと思うと、ため息と一緒に、気力まで漏れ出るようだ。

いちょうの枝にはやわらかな新芽がのぞき、夕陽に照り映える姿に見惚れて、曲がり角を見落としたようだ。

駅に取りつけられた防災無線から、夕方を告げるメロディが流れてくる。

もう約束の五時になったらしい。

どうやら、やり直すしかなさそうだ。

風呂敷を抱え直し駅前広場へ戻ると、今度こそ注意を払いながら、再び坂をのぼりはじめた。


祖母・志満が営む店を、一人で訪れるのははじめてだ。

両親の運転する車から見た風景と、自分で歩くのでは、通る道も異なるのか、街は違って見えた。記憶になじんでいたはずの並木台の街並みが、どんどん新しくなっていく。

街もひとも変わる。子どもの頃にちょっと怖かった志満さんが、もう怖くないみたいに。

隙のないお着物姿と所作だけでも圧倒されるのに、相手が子どもでもえらいひとでも態度を変えない。成長すると、それが志満さんを慕う理由になったけど、あの当時は否応なく背筋が伸び、緊張した。それでいて子どもっぽいところもあって、おばあちゃまと呼んでも返事をしないし、誕生日ケーキのろうそくはいつも二十本しか飾られない。

店の営業日に足を運ぶのも、はじめてだ。母はいつも、志満さんの客あしらいは真似できないと言っていた。その姿からなにかを学び取れれば、わたしは変われるんじゃないかと、ひそかに思う。

こんなにも不運に見舞われる人生から。

もう一度のぼっても曲がり角の数は合わなかった。

駅のあかりはひどく遠く見えて、もう引き返す気になれなかった。空が藍色に染まり、オレンジ色の街灯がともる。わたしは諦めて、葉書を着物の袂にしまい、自力で探す決心をした。見れば、角にはロッカーのようなものがある。近寄ると癖のある字で、産直自動販売機と書かれていた。

博物館の手荷物預かりロッカーに似た、透明窓の個室には、さまざまな野菜が見えた。ひときわ目を引くのは、ビニール袋いっぱいに詰め込まれた、小ぶりな黄緑色のもの。芽キャベツだろうか。

そういえば、志満さんが以前、芽キャベツでつくってくれた一品はおいしかった。にんにくとバターの香りがして、ほんの少し醬油をたらすと、ごはんがいくらでも食べられた。父はたっぷり黒胡椒を挽いて口に放り込み、ビールにのどを鳴らした。

志満さんのお料理はどれも、気取らないのに、すこぶるおいしい。夕食にいらっしゃい、という葉書の文字を見ただけで、お腹が空いた。手土産がわりにちょうどいいと、三百円と引き換えに、ぱんぱんにふくらんだビニール袋を荷物に加える。

葉書に書かれた道順は、右、左、右。近くまで来ているのだから、そのうち見覚えのある路地が見つかると高をくくって、路地をやみくもに歩き回っているうちに、本格的に迷ってしまった。

何度も同じ四辻に出、袋小路に行き当たり、不安になって電話しても、店も携帯も留守電ばかり。点滅していた街灯がふっと消えて、心細さのあまり視線が足元に落ちた。

ジジと音を立てて一瞬ついた街灯が、走り抜けるなにかを照らした。

金色に波打つ毛が見えた気がした。

小型犬だろうか？　跳ねるような上機嫌な足取りで、目と鼻の先をかすめていった。あれはなんだろう、と好奇心にかられ、生き物が消えた路地を曲がると、ステンドグラスの絵画があたりに光をにじませていた。

輝くような姿に、しばし立ち止まって、見惚れた。

内側に光をたたえた姿をはじめて見た。古びたガラスの絵が、なにか特別な場所へいざなう扉のように思えた。一歩ごとにおいしそうな香りが強くなり、小さな鼻歌が聞こえる。格子窓の向こうに、割烹着姿の志満さんが見え、ほっとして、ひんやりとした取っ手を引く。

結ばれた鈴が、りん、と清らかな音を響かせた。

「お帰りなさい」

やわらかな金色の光に包まれて、志満さんがにっこりと、迎え入れてくれた。

乾杯、の声が店から響いてきた。

グラスを交わす音は、ひととひとを結びつける音楽みたいだ。二階の部屋にまで響いてくる楽しげな声の方へ、軋む階段をおり、エプロンの紐を結ぶ。

店へ続くドアを開けると、やわらかい照明に照らされ、木の家具や床がつやめく。じっくり煮込んだ豚角煮のようなしっとりとした色つやは、日々の丹精の賜物だ。傷もへこみも、大切に磨きあげている。

客席は今日もほぼ満席。ご近所さんたちの他、宗生さんと央樹さんの姿もある。カウンターでは、彩羽さんと禅ちゃんが、志満さんと一緒に笑い合っていた。

「噂をすればなんとやらだね」

「またわたしの話してたの?」

「いえね、禅ちゃんがふきのとうを持ってきてくれたから。希乃香が去年の春にうちに来たとき、芽キャベツと間違って持ってきた話をね」

「もとの形、見たことなかったんだもの! ふき味噌しか知らなくて」

「ふきのとうと教えたら、もう、この世の終わりみたいな顔で『苦いやつか……』って」

こらえきれないといったように、志満さんは口元に左手を当てる。手首の包帯はとれたものの、まだ痛むのか、時折さすっているのを見かける。

「苦いもの、不得意なんです。あれはショックでした。時季的にも、なんでわたしはこんなに運が悪いんだろうって」

カウンターの内側に入ると、彩羽さんがビールを片手に、首を傾げた。

「それって、七社潰した、っていう頃のお話ですか？」

わたしが潰したわけじゃないです、ときっちり訂正して、継ぐはずだった家業が頓挫したところから、かいつまんで説明した。

熱海《あたみ》で不動産業を営む父は、わたしが大学三年のとき、事業をたたんだ。急遽就職活動に励んだものの決まらず、アルバイト先の個人塾が見兼ねて雇ってくれた。塾長は熱心だったけど、近所にオープンした大手にごっそり生徒を取られ、最後の一人を送り出した翌年三月、わたしは就職一年目にして無職になった。

同じ失敗は繰り返さないと決めて企業間取引の企業を探しまくり、業務用食品販売の営業職についたが、主要取引先の倒産のあおりで連鎖倒産。商売には資本力が不可欠と、デパ地下の弁当店に勤めれば、多角経営がもとで民事再生法が適用されて人員整理の憂き目にあい、規模の小さい広告制作会社に勤めたところ不渡りが出て倒産。元取引先の雑誌社が救いあげてくれたけど社長が夜逃げして立ち行かなくなり、人間性重視で決めた写真館は店主の急病で閉館。

元気で若い店主の経営するアンティーク着物店は、着物愛のあまり不良在庫を抱えすぎて、潰れた。

最後のお給料は払ってもらえず、箪笥からあふれるほどの銘仙を現物支給されたおかげで、着るものにはたぶん一生困らないのだけど。

「デパ地下のときの同僚とルームシェアしてたんですが、その子に彼氏ができて、出て行ってほしいと言われたのも、同じタイミングで。仕事も家もなくなると困っていたら、志満さんが、ごはんを食べに来ないかと誘ってくれたんです」

「いっとき夕飯をごちそうするつもりが、そのまま居つかれてしまったんですよ」

志満さんが禅ちゃんの前に菜の花のオイル蒸しを置く。緑からかすかにのぞく黄色の蕾がかわいらしい。ちょっとお願いね、と志満さんは厨房へ入った。

禅ちゃんが、もみあげを指でなぞりながら、感心したように何度も頷く。

「さすが希乃香ちゃんだよね。そこまで不運の見本市みたいな人生、望んでも歩けるもんじゃないよ」

「望んでませんよ、幸運に恵まれたいですよ。今日だって、電車の送電線トラブルで立ち往生でしたし、おじいちゃまの手がかりもつかめなくて」

祖父が見つからなければ、志満さんは店を閉めるという。

今日も手がかりを探りに、水戸へ足を延ばした。骨董市で手に入れた和箪笥が祖父のものではと、販売元の古道具店をたずねたのだった。底に書きつけられたK．O．という墨文字は、祖父・小島孝一のイニシャルと同じで、引き出しからは、半分に破られた志満さんの昔の写真が出てきた。

ひとのよさそうな作務衣姿の店主は、個人情報だと最初は取り合ってくれなかったものの、生き別れた祖父を捜していると話すと、独り言だと和箪笥にまつわる話を聞かせてくれた。

奥多摩の旧家から引き取ったものらしい。表札には小島と書かれていたが、依頼者は違う名だったそうだ。店主の経験によれば、旧家であるほど、近隣に知られぬよう、遠方の道具屋を呼ぶという。数か月後には、小島家のあった場所は更地になっていたそうだ。

引き出しはやはり祖父のものだろう。でも、持ち物も家も処分する状況を考えると、不安は増した。元気な祖父に逢える可能性は低いかもしれない。

彩羽さんが長いため息をついた。証人をお願いしてから、いつも気にかけてくれている。

「なかなかの不運ですよね。希乃香さん、ごちおじさんを捜してみたら？」

はじめて耳にする名だった。

「知らないうちにごはんをごちそうしてくれるおじさんなんですよ。〝謎ごち〟って呼ばれて最近このへんでよく聞きます。ごちそうされると、しあわせになるって噂もちらほら出てます」

「そういうひと、割とふつうにいない？　俺、地方回ってるときに何度か出くわしたよ。去年、ふきのとう採りに行ったときも」

禅ちゃんは、スマホを取り出し「もみあげ日誌」を開いた。禅ちゃんは休みの日にあちこちの野菜の産地に出かけ、畑のようすや、食べたもの、出会ったものなどを自撮りとともにウェブに公開している。軽トラックでは常にレゲエを聴くそうで、曲目が一緒に添えてあることもある。

見せてくれた画面の半分は、ピンぼけした禅ちゃんの横顔ともみあげ。背景はほぼ料理で、画面上端に、かぶを逆さにしたような絵の描かれた、茶色いジャンパー姿が写っていた。

「ここの店、パスタの上にでっかいカツがのって、デミグラスソースがどばーっとかけてあるの。もちろん大盛。そんなだから、体格のいい高校生とか大学生とか食べ盛りがたくさんいたんだけど、このおっちゃんがみんなの分も勝手に支払ってくれてたらしいよ」

「謎ごちと同じですね」

彩羽さんがしたり顔で頷くと、禅ちゃんは調子にのって、三年前、五年前、と記事を遡っていく。滋賀のやきそば食堂や、鹿児島のさつま揚げ店、青森のしじみラーメン店など、ぽつぽつと謎ごちの痕跡があった。すべてではないものの、いくつかに茶色いジャンパーのおじさんが、帽子とサングラスとマスクをつけて、写っていた。帽子の下は黒髪、四十代にも六十代にも見える、不思議なおじさんだ。わたしにはそれが、同一人物のように思えた。

「これ……同じひとですよね？」

「まさか！　服が似てるだけじゃないですか。青森と滋賀と鹿児島だもの。同じひととは考えにくいですよ」

「でも、実際に禅ちゃんは全部に行ってますよ？」

「そりゃそうだけど、俺が行ったのはメジャーな観光地とかじゃないよ？　そんな物好き、そういないと思うけどね」

ワインをゆらす手をぴたりと止めて、禅ちゃんは大きな目鼻をくしゃっとして笑った。

「もしかして熱烈な野菜愛好家か？　だとしたら、ぜひとも熱く語り合いたいねえ。いいタケノコ見つけてさ、来月掘りに行くんだよ」

「私、目撃情報とか番組で募集できないか上司にかけあってみます」

「それ、いいですね！　しあわせになれるなら、わたしもごちそうされたいです！」

「ごめんなさい、希乃香さん。うっかりしてました。ごちそうされてるのは、中高生とか学生さんみたい……」

「年齢制限か！　希乃香ちゃん安定の不運っぷりだね！」

禅ちゃんの笑い声が豪快に響いた。

夕食店には、笑い声が似合う。

あの日ここへ来たとき、浮かない顔でやってきたひとが、帰り際には笑顔を見せるのに驚いた。志満さんの接客に秘密があるんだろうと思った。その秘密がわかれば、わたしは居場所を奪われる側ではなく、残る側になれる気がして、働かせてほしいと頼み込んだ。あの日からもうすぐ一年がすぎる。


厨房から志満さんが顔をのぞかせた。お料理ができたらしい。

ご注文の花わさびのおひたしは、ツンと鼻に抜ける香りがたまらない。ぶりのしょうが煮はつやつやと照りもよく、味のしみたしょうがと一緒に口に運んだら、さぞおいしいだろう。まかないを食べ損ねた空きっ腹に、この香りは苦行に近い。

料理を並べると、宗生さんが小声でたずねてきた。

「さっき、あっちで話してたのって、ごちおじさんの話?」

「ええ。宗生さんも、ご存じなんですか?」

「というか、央樹さんが。酔ってるんだと思うけど」

「なに言ってるんだよ、俺は大真面目だよ。あのひとは人類を救うかもしれないんだから。第一、俺はごちおじさんなんて、軽い呼び名は合わないと思うんだよ。もっとこう、なんていうか重みがあって、ロマンと謎の香りが立つような」

そう、と指を鳴らして、央樹さんは目を輝かせた。三杯目の焼酎も空いている。

「怪人だ。オクラ座の怪人」

「耳なじみはいいですけど、本家よりもだいぶ迫力が目減りしますね」

央樹さんは、社内プロジェクトを立ちあげようと、宗生さんを説得しているらしい。ごちおじさんは二十年近くも姿が変わらないため、年を取らない、あるいは老化のスピードが遅いひとだと考えているらしい。世の中には、生物学的な年齢が実年齢よりも若いひとが稀に存在するという。老化のメカニズムが解明されつつある今、そうした分野の研究は医学・薬学でも注目され、目覚ましい成果を挙げている領域でもあるそうだ。

「俺は時間旅行中の未来人っていう方が、ロマンがあって好きなんだけど。なかなか賛同を得られないんだよ」

また貴璃さんに呆れられますよ、と宗生さんが苦笑し、禅ちゃんに話を聞きに席を立った。志満さんの目配せに暖簾をくぐると、調理台に小さなおにぎり三つと、ぬるめのお茶が用意してあった。

おにぎりはまだほんのりあたたかくて、海苔の香りがする。食べると、昔ながらのきゅうっとすっぱい梅干しの味が広がった。白ごまをまぶしたのはかつおぶし。野沢菜で巻かれたおにぎりは味噌が香り、噛みしめるお米の甘いこと。添えてある、かぶのぬか漬けもうれしい。

これが志満さんの接客の秘密なのだ。志満さんに言わせれば、秘密でもなんでもない。ただ、相手を思うこと。

メニューを毎日手書きするのも、おしぼりに香りをつけるのも、鰹節をその都度削るのも、少しでもくつろいでもらえるようにという気遣いだ。シンプルなことだけど、誰かのためにとひとつひとつ心を込めることの難しさと大切さを、志満さんに教わった気がする。

最初は自分の居場所を失いたくない一心で、店を継がせてほしいと申し出た。

でも今は、笑顔の満ちるこの雰囲気を、守れたらと思う。ここを大切に思ってくれるひとがいるのだから。


店内に戻ると、彩羽さんや禅ちゃんにも聞いてもらいたいと前置きして、志満さんは穏やかに切り出した。

「そろそろ区切りにしてはどうかと思うの。来月のアタシの誕生日までにおじいちゃまが見つからなければ、月末で店を閉じようかと」

志満さんは、左手の手首をさする。痛みはまだ消えないらしく、庇うようなしぐさも見かける。それが志満さんの、店主としての決断なのだろう。受け容れるしかないけど、気持ちがきゅっとちぢこまる。

「誕生日の十一日まで、あと二週間ちょっとだね」

それが短いのか長いのか、わからない。手がかりが多ければ、時間も足らないのだろうけど、残されているのは移転した洋食店だけだ。祖父が今もそこに通っている可能性は、どれほどあるのだろう。

お客さんたちを見送り、閉店まで飲んでいた央樹さんと宗生さんを送り出し、並んで歩く背中に、声をかけた。

「いってらっしゃい。明日もいいお日和になりますように」

*

「お嬢ちゃん、遅いよ!」

飛んできた野太く荒い声に、反射的に謝った。しかし、妙だ。今日この時間にわたしが訪れることは、ここの誰も知らないはずなのに、待ち受けていたかのようにてきぱきと指示が飛ぶ。

「さっさと入ってドア閉めて! 洗面台は突き当たり! ぼさっとしないで、手洗い、うがいして!」

わたしは事情がよく呑み込めないままに、洋食店に足を踏み入れた。

洋食ロスマリンは、かもめ橋の川沿い、柳の立ち並ぶあたりにあった。

並木台駅から約三十分、そう遠い場所でもないのに、店休日の昼だからか、港街特有の開放的な雰囲気のせいか、旅にでも来たような気分になった。

志満さんと祖父が出逢った洋食店。

金春町にあった頃と変わらない青い三角屋根が目印と聞いた。見つけた瞬間、胸がいっぱいになった。

そうしてドアを開けた途端、先の大声に包まれた。

声の主は、ひときわ高いコック帽をかぶった、料理長とおぼしき髭の男性だった。左手側の、ガラスで仕切られた厨房で、二人の料理人とともにすばやく包丁を操っていた。右手側に広がる空間には客席が並び、母くらいの女性二人が、箱らしきものをせっせと並べている。

アポイントを取ろうとしたものの、記載された電話番号はつながらず、直接足を運ぶしかなかった。営業中にあれこれ質問するわけにもいかないだろうと、昼夜の営業の間を狙ってきたのだけど。

なぜ遅いと叱られたのだろう。誰かと勘違いされているのだろうか。ランチの客とかと。

「あのわたし、お客さんじゃないんです」

料理長は目を三角にして、そんなのわかってるよ！　と吠えるように言い、アッちゃん、ケイちゃんと女性たちに呼びかけて、エプロンと三角巾を準備させた。

飛び交う会話から察するに、お弁当の指定時間が迫っているらしかった。夜の仕込みと同時進行の厨房は戦場のようで、ぴりぴりした空気が流れる。客席テーブルに並んだお弁当箱は、ざっと五十食分ほど。マカロニサラダやハンバーグが詰められてはいるが、まだ半分以上がすかすかだ。人手が足りていないらしい。

誰と勘違いされているのかわからないが、この状況が落ち着かないと話どころではなさそうだと、おとなしく手伝うことにした。

視線を感じて顔をあげると、客席の隅に、穏やかな笑みを浮かべるおじいさんの姿があった。口も手も出さないが、とりわけ厨房に目がいくところを見ると、先代の店主かもしれない。

態度は荒々しいが、料理長の仕事は実に丁寧だった。大きさも角度も揃ったエビフライ。小ぶりなハンバーグには濃い色のデミグラスソースがかかり、緑色のスパゲッティからは、なんとも食欲をそそる香りが漂う。

次々にできる料理をアッちゃんケイちゃんと協力しながら詰めるうちに、時間は慌ただしくすぎた。お弁当を積んだバンが出発すると、体から一気に力が抜けた。

ようやく見回した店内の、レジ横の壁には、モノクロ写真がずらりと飾られていた。

金春町時代のものなのだろう、著名な映画監督や歌舞伎俳優、作家に音楽家。銀幕スターの姿も多く、志満さんの好きな松嶋孝蔵の若い頃の写真もある。壁一面を埋め尽くす華やかな顔ぶれの中には、芸者時代の志満さんの姿もあった。若き日の志満さんは、今と変わらず凜としていた。


「じゃあお嬢ちゃん、バイトの大学生じゃあないの？」

封筒に入ったバイト代を辞退すると、料理長は声を裏返して驚いた。

帯の間から志満さんの写真を出し、事情を話した。

「お客さんに、小島孝一というひとがいないか、教えていただきたいんです」

「いやあ、わかんないねえ。少なくとも常連さんにはいないよ。父さん知ってる？」

料理長が声を張りあげると、先代はにこにこ顔を崩さずに、かぶりを振った。半分に破れた写真を持っていくと目を細め、登満鶴姐さん、としわがれ声で呟いた。

「登満鶴姐さんは気風がよくて。男女問わず憧れの的でしたよ。あたしも今じゃこんな枯れ木みたいだが、あの当時は見習いでころころしてて。幼なじみの吊り目の写真屋と一緒に、金春の子狸子狐と、お客さま方にかわいがってもらったもんです。狐のやつ、写真持ってロスマリンに行けば、エビフライ一本余分につけてくれるだろうなんて勝手を言うもんだから、大変でしたがね。ありがたいことにいろんな方が来てくだすって。登満鶴姐さんにもずいぶん贔屓にしてもらいましたよ」

その写真館が、今も同じ場所にあるという。

「外側はずいぶん当世風ですがね、写真のことにかけちゃ、古狐の知恵はたいしたもんです。相談したらいい」

料理長はわたしを厨房に呼び、ロスマリンといえばこれとも言われたという、緑色のスパゲッティのつくり方を教えてくれた。

「そんな大切なもの、教えていただいて、いいんでしょうか」

「かまいやしないよ。同じ材料で同じようにつくったって、料理人それぞれの癖が出て、同じ味にはならないよ。それにうれしいじゃないの、うちの料理がきっかけで縁が結ばれて、こうしてたずねてくれるなんてさ。看板料理のひとつやふたつ、持たせてやりたいじゃないの」

さっきまでの剣幕ととっつきにくさが嘘のように、料理長は鼻歌まじりにざるをリズミカルに動かし、茹であがったスパゲッティにソースを絡めた。

「そのメロディ、聞いたことあります。祖母がときどき鼻歌を」

「『星影のワルツ』。きれいな歌だよねえ。明るいメロディの割に、歌詞はずいぶん切ないけどさ。大好きだけど恋人を思って別れたひとが、遠くで相手のしあわせを祈るって歌だよ。同じ頃に流行った『君といつまでも』はまっすぐに愛を歌うのにね」

「そういう歌なんですか……」

もしかしたら志満さんは、その歌詞を心の中で歌っているのだろうか。行方をくらましたという祖父が、そういう心情であったらと願って。

家の食卓にのる洋食ロスマリンのお弁当に、志満さんは目を細めた。

「先代が持たせてくれたの。どうしても、登満鶴姐さんに食べてほしいって」

ひと違いされた経緯を話すと、つくづく不運な子だね、と笑われた。バイトの大学生は電話がつながらず、風邪で休むという連絡ができなかったらしい。配達から戻ったアッちゃんが電話して状況がわかったそうだ。

「でもおかげで、緑色のスパゲッティのつくり方を教わったよ」

志満さんは、ロスマリン、と呟き軽く目を閉じた。

店の二階、住居部分のキッチンは小さく、最低限の設備しか置いていない。もともとは志満さんの独り暮らしだったから、冷蔵庫も小さい。ダイニングテーブルも二人がけで、余分なものを持たない志満さんの暮らしはずいぶんすっきりしている。反対に、母は物を溜め込む性分なので、わたしが家を失くしたときは、実家にはわたしが帰れるスペースも、物を置くスペースもなかった。志満さんがいなかったら、どうなっていたことかと思う。

冷蔵庫からビールを取り出し、ふたつのグラスに注いだ。

「乾杯！」

グラスがつくりだす金色の波は、よろこびの渦のようだ。

光を反射して輝く気泡の向こうに、笑顔が見える。

「ああ、しあわせ」

志満さんは、いつもの一杯と同じように、満足そうに呟いた。

毎夜、店の片づけが一段落すると、志満さんはお酒かお茶を飲んで、しあわせ、と呟く。

「志満さんの写真もあったよ。きりっとした日本髪の、かっこいい芸者さん姿」

「置屋の向かいに写真館があって、練習によくつきあわされたの」

「それ石黒写真館ていうところ？」

金春の子狐が営む写真館や街のようすを、志満さんは話してくれた。心なしかお弁当の蓋を取る手つきもやさしく、ハンバーグと緑色のスパゲッティに口元をゆるめた。

「なつかしいこと」

ハンバーグは、祖父との思い出の料理のはずだ。

割り箸を小気味よく鳴らし、志満さんは真っ先にハンバーグに箸をつけた。ひとくちを味わい尽くすように何度も噛みしめながら、目を閉じる。

なじみ客には緑スパと呼ばれるというスパゲッティのソースは、にんにくと青じそでつくられる。スパゲッティと言えば赤いナポリタンだった当時、緑色のスパゲッティは話題を呼んだそうだ。

すっかり食べ終えた志満さんは、がんばっているんだねえ、としみじみひと息をついた。

「アタシの記憶どおりなら、ハンバーグは昔よりも、ソースがさらっとして食べやすくなってる。だけどちゃんとロスマリンのお味がする。なんだかいろいろと思い出すね」

ごちそうさまでした、と両手を合わせた志満さんは、片づけながらあの鼻歌を歌っていた。

部屋に戻ると、窓から細い月が見えた。

この板の間はもともと、志満さんの衣裳部屋だったらしい。わたしが来た日には、ここに桐簞笥と三味線、大きな行李が置かれていた。シェアしていた部屋の家具はほぼ処分して、キャリーケースと風呂敷と銘仙ばかりが、今もわたしの家財道具一式だ。

銘仙は、軽くてあたたかく、絹織物としては安価で、化学染料や技術の発展とも重なって、爆発的な流行を生んだという。面白いのは、モダンデザインや世のブームもいち早く取り入れ、世界初の人工衛星スプートニク一号や、パリ万博のエッフェル塔など、当時の世情を柄に織り込んだものもあること。

世の変化をたくましく身にまとった、しなやかさとしたたかさに、時代と向き合ったひとたちの、静かな力を感じずにはいられない。

だから、銘仙を着ると、元気がもらえるのだろう。

ここへ来て約一年。わたしが志満さんやお客さんたちから教わったことはたくさんあるけど、自分はなにも返せていない気がする。志満さんから学んだ、相手を思うということさえ、わたしにはそのひとを信じることくらいしかできていない。もうすぐ志満さんの誕生日。志満さんの胸中を思うほどに、二人を逢わせてあげたい気持ちが強くなる。

だけど、期限は目前。手がかりはほとんどない。

こんな不運ばかりのわたしが、誰かをしあわせになんてできるのだろうか。

ふと思い出し、SNSで彩羽さんの番組情報アカウントを見てみると、ごちおじさんの情報が数多く寄せられていた。

目撃談は、並木台や月見が岡など近隣のものが多い。謎ごちがしあわせを呼ぶという噂も飛び交っている。かつてごちそうしてもらったという、二十年近く前の情報を書き込むひともいた。しきりに時間旅行者ではと投稿しているのは央樹さんかもしれない。ラーメン店やカレー店、定食屋など、昼夜を問わずに出没しているらしい。おじさんと直接話したひとはいないらしく、目的は誰にもわからないようだ。

彩羽さんが、ぜひとも取材したい、と書き込んでいた。

誕生日まではあと一週間ほど。

神さまでも仏さまでもごちおじさんでもいいから、わたしに幸運を。志満さんのために、祖父を見つけさせてください、と強く願った。

＊

元花街の金春町は、今や、しゃれたオフィスと高級ブティックの立ち並ぶ場所になっていた。

ここにはかつて柳の並木があって、その下を料亭街に向かう芸者さんを乗せた人力車が、ひっきりなしに通ったそうだ。志満さんが修業をはじめた頃に流れていた川は埋め立てられ、街の名も区画整理で地図から消えたけど、一本の柳と古きよき日本家屋が、今も佇んでいた。志満さんが暮らした芸者置屋だった場所。今は人手に渡り、中は見られそうにもない。

その向かいに建つ、ガラス張りの五階建てビルが、今日の目的地だった。

三階に位置する石黒写真館にエレベーターが到着すると、ツイードのジャケットを着た車椅子の老紳士と、よく似た顔立ちの女性が、出迎えてくれた。

「お待ちしていました。あなたが、登満鶴姐さんの、お孫さんですか」

老紳士は、まぶしいものでも見るように、わたしを見て、微笑んだ。

彼は、金春町のひとびとが狐になぞらえたのも頷ける、細面に細い目の持ち主で、娘さんも涼しい目元を受け継いでいた。


近代的なビルの外見とは裏腹に、写真館は、昔ながらの風情に満ちていた。

ゴブラン織りの絨毯や、赤いビロードのカーテンに彩られた室内には、おしろいのような香りがほのかに漂う。壁一面に飾られた写真は家族写真や風景写真とさまざまで、年代ごとに並び、手前はカラー、奥へ行くに従い、モノクロに移り変わる。

時間を遡るように写真を辿る先には、スクリーンを吊ったスタジオが姿を現した。中央の椅子に毛の長い猫が座って、ばっさばっさと茶色いしっぽを振っていた。

「にぼし、そこはダメ、おりなさい」

娘さんへ返事をするように一声鳴くものの、大きな猫は優雅に座ったままそこを動こうとしない。見かねた娘さんが、黄色いフェルトのボールを持ってきて放ると、猫は見事な弧を描いてジャンプし、ボールを前脚で転がしながら、遊び出した。

部屋の奥に進むと、老紳士があるモノクロ写真を指さした。

「これが、昔の、この通りですよ」

芸者置屋は今と同じ姿だけど、周囲が違う。同じような瓦屋根の建物と柳の木が並び、着物姿のひとが行き交う。白黒の写真なのに、陰影が繊細なためか、色鮮やかに感じられた。

「登満鶴姐さんがいた頃からすると、街もずいぶん変わりました。見た目は変わらなくても中身が変わったところも、うちみたいに姿は変わっても中身があまり変わらないところも。変わるのは、世の常ですがね」

同じ視点から見つめられた街の写真には、変遷ぶりが写っていた。

わたしは、老紳士に写真を差し出した。

「もしかしたら、これは、こちらで撮っていただいたものではないでしょうか」

志満さんが写る破れた写真を、彼はなつかしそうに見つめた。

「これはね、私が、撮ったものです」

老紳士に誘われてのぞいた窓からは、向かいの建物と、柳の木が見えた。

「今は一本きりになったあの柳、もとは並木でした。柳並木はふつう雄株を植えるんですが、間違ったのか、春先になると一本だけ綿毛を飛ばす雌株があったんです。その下に、あるときから、学生さんの姿を見かけるようになったんですよ」

登満鶴姐さんがその木の下を通ると、ちょっと距離をあけて、学生さんも歩き出す。だんだん歩幅が近づいてやがて二人は並んで歩くんです、とその風景を目の前に見ているかのように、老紳士は窓外を見つめた。

「傍目には仲のよい二人でしたよ。失われたこちら側には、その学生さんが写っていました。しあわせな空気が写り込みそうだと、撮らせてもらったんです。それぞれの立場で、難しいこともあったのでしょうけども。登満鶴姐さんは、そのひとのことを、なんと？」

「いろいろあって、姿をくらましてしまったと聞きました。祖母はもう一度くらい会ってみるのも面白そうと言っていて、できれば逢わせてあげたいんですが、生きているのかさえわからなくて。祖父がいなくなってすぐ捜せば見つけられたかもしれないのに、こう時間が経ってしまっては」

老人は、手の内の写真をじっと眺めて、おかしいですね、と呟いた。

「姿をくらましたのは、登満鶴姐さんの方だと思いますよ」

「ええっ」

「芸者さんが辞めると言えば、野暮は聞かないのがしきたりですから、詳しくはわかりませんが。登満鶴姐さんがいなくなってからも、学生さんがあの柳の下で待つ姿を何度も見ましたよ。

うちにもたずねて来ましたが、こちらもなにもわからないから、写真を撮って差しあげるしかできませんでしたけどね」

その後もたびたび姿を見たという。

祖父は、心変わりして志満さんに愛想を尽かしたのではなく、志満さんをずっと想ってくれていたのだ。

「我ながら、なかなかいい写真です。このちょっとはにかんだような表情なんて、よく撮れている」

ほら、と見せられた娘さんが、声をあげた。

「この写真、見覚えがありますよ。この間古いネガを整理したときにたしか」

「おお、それはいい。もしあれば、プリントして差しあげなさい」

感謝で胸がはちきれそうになる。写真があれば、今回は間に合わなくても、いつか祖父を見つけられるかもしれない。最悪、もう逢うことは叶わないのだとしても、二人の写真はほんの少しでも、志満さんをしあわせな気分にしてくれるのではないだろうか。

透磨さんのお店で見つけた写真立てに入れて贈ろうと思いつくと、よろこぶ姿が目に浮かぶようで、心がはやる。

たぶん、今わたしが届けられる、最高の誕生日プレゼントになる。

ありましたよ、と奥から響く声に、鼓動が強くなった。

白い手袋をつけた娘さんは、葉書大の薄い桐箱を手にしていた。スタジオ内のテーブルに箱を置き、中から板のようなものをそっと取り出す。ちらりと見えた陰影に、胸が跳ねた。

「今の写真はほとんどデジタルですが、ご存じのようにその前はフィルム。さらに前はガラス板に焼きつけていたんですよ。一枚一枚、薬品を塗ってね。粒子が細やかで解像度が高いんです。その上、割れさえしなければ千年以上も持つと言われていて」

せっかく説明してくれているのに、ぼうっとして、うまく頭に入らない。写真とはいえ、はじめての祖父との対面に緊張して、大きく息を吸い込んだ。

ガラス板の状態を確かめた娘さんが、頷いて、こちらに体を向けた。

わたしはたまらず一歩踏み出した。

そのつま先に、なにか軽いものがぶつかった。

ゆるく放物線を描く黄色いものが、フェルトのボールだと認識したとき。そこにすばやく茶色い影が重なり、悲鳴があがった。

一瞬のことだった。

飛び出した猫に足をもつれさせ、娘さんがバランスを崩し、手からするりとガラス板が滑り落ちた。

かしゃん、と軽い音を立てて、写真のネガは砕け散った。

あまりのことにみな無言になり、光を反射する細かな破片を見つめていた。


まっすぐ帰る気になれず、しばらく街をさまよった。

夜更けに帰り着くと、あかりは消えていて、志満さんがもう休んでいることに、ほっとした自分がいた。

気持ちの整理がつけられなかった。

この世にたったひとつのものが、壊れてしまったなんて。志満さんと祖父の並んだ姿は、永遠に失われてしまった。二人はもう、写真でしか逢えないかもしれないのに。悔やんでも悔やみきれなくて、胸が潰れそうだった。

どうしてこうもわたしは、不運ばかりなのだろう。

どうして祖父を見つけ出すことはおろか、写真一枚のささやかなしあわせを志満さんに届けることすら、できないのだろう。

こらえきれなくなり、布団の中にもぐりこむと、声を殺して泣いた。

どう話したものか迷ううちに日は流れ、志満さんの誕生日を迎えた。

テーブルに並ぶ緑スパとオニオンスープに、志満さんは頬をゆるめる。

夜は店があるので、お祝いはお昼に準備した。志満さんのリクエストで、軽く食べられるものといちごのショートケーキ、もちろんろうそくは二十本。

オニオンスープの仕上げに、カリカリに焼いたバゲットを浮かべる。

パンとたまねぎ。志満さんの好物のはずだ。

志満さんのためにわたしができたのは、こんなちっぽけなことだけだった。

小瓶のシャンパンを注ぎ、わたしたちはグラスを合わせる。

「志満さん、お誕生日おめでとう」

いつものように志満さんは、ああしあわせ、と目を閉じた。

細胞という細胞に、そのしあわせが、浸透していくのを待つみたいに。

時間にすればわずかかな、十秒ほどもないそのひとときが、なにかとても大きなものにつながる、敬虔な祈りのように感じた。

志満さんはスープをひとくち飲み、大きく頷いた。

「おいしい。希乃香、料理の腕前がぐんとあがったね。店に出しても遜色ない」

笑みを返したけど、そのお店はもうすぐ、閉じることになる。一度くらい、わたしも誰かのために心を尽くせたらよかったのだけど。

ため息を押し殺してプレゼントの写真立てを渡すと、志満さんは浮彫を指先でなぞり、よろこんでくれた。

「きれいだね。四隅の花がどれも表情ゆたかだこと」

「イギリスのものなんだって。透磨さんのお店で見つけたの。そこに飾る写真も、見つかりそうだったんだけど……」

あの破れた写真のネガが見つかったけれど、割れてしまったこと。

そして今日までに、祖父は、見つけられなかったこと。

わたしの話に、志満さんは静かに、耳を傾けていた。

「わたし、志満さんに、なにもしてあげられなかった。しあわせに、してあげられなかった」

志満さんは、スプーンを置くと、軽く息をついた。

「アタシは十分、しあわせなつもりだよ。しあわせ、っていうのは、誰かから与えてもらうものではないの。それは、自分でつくり出すもの」

志満さんはボトルを手にして、シャンパンを注いだ。

「毎日の締めくくりの一杯が、アタシのしあわせのあかしですよ。生きるのは変化の連続、楽なことばかりではないでしょう。だからこそ、その一日がどんな一日であっても、生き抜いた自分に、言葉をかけてあげたいじゃないの。今日も、ゆたかに生きました、って。そうやってゆたかに生き抜いた日々が積み重なれば、いつかうしろを振り向いたときに、自分にしか歩けなかったゆたかな人生が、必ず、見えるものですよ」

そうしてシャンパンを口にすると、ああしあわせ、とまた目を閉じる。

「不運ばかり、失敗ばかりでも？」

「人生に失敗なんて、あるものですか。そのときどきでうまくいかないことがあっても、それは失敗じゃなく、めぐりあわせですよ。仮にうまくいかないのなら、その場所は、うまくいくための経由地なの。時間が経てば、それも必要な経験だったと思えます。アタシはね、ひとの未来はすべてしあわせにつながってると信じていますよ」

志満さんのその姿勢は、ちょっと、銘仙にも似ていると思った。

変化を受け止め、しなやかに、したたかに。

わたしも、そんなふうになれたらと焦がれる。

志満さんは、緑スパをフォークに巻きつけると、このスパゲッティはもともと違う形になるはずだった、と話してくれた。

「本場のバジリコスパゲッティをつくりたかったそうですよ。だけど当時はまだ国内ではバジルは栽培されていなかったの。バジルもシソも同じシソ科だと、シソでつくったと聞きましたよ。だけどそれがアタシたち食べる側にとっては、魅力的だった。自分では不運だ、不幸だと思っても、見方が変われば、見えるものも変わりますよ」

口に含むと、にんにくの香りの奥にさわやかなシソが、すうっと広がる。バジルのスパゲッティもおいしいけど、緑スパには緑スパの、別のよさがある。

ふと、思った。勘違いされて働く不運がなければ、このソースを教えてもらうこともなかったし、写真館で祖父の話を聞くこともなかった。今までも、そうだったのかもしれない。塾で磨いたカウンセリングスキルが役立って、営業職に就くことができた。デパ地下の弁当店では一緒に住むほどの仲良しの同僚ができた。広告制作会社に勤めたからこそ取引先だった雑誌社に拾いあげてもらい、写真館で覚えた着付けが役立って、アンティーク着物店で仕事ができた。

わたしが、不運だ、不幸だとほろ苦く感じていたことは、見方を変えれば、わたしに新たな経験を与え、自分を広げて、ゆたかにしてくれることでもあった。

そして、どの経験が欠けても、たぶんわたしはここにいない。

たくさんのめぐりあわせが重なって、今この瞬間につながった。

「希乃香。アタシはしあわせ。おじいちゃまが見つからないのは、そういうめぐりあわせ。そこにしか見えない景色がきっとあるの。気に病むことはないよ。こうしてなつかしいお味にも出逢えたし、金春の子狸子狐も、古狸と古狐になってそれぞれ元気にやってると、うれしい知らせも聞くことができたしね」

「写真館のひとが言ってた。消えたのは、おじいちゃまじゃなくて、志満さんの方だったって。志満さんがいなくなってからも何度も、柳の木の下で待っていたそうだよ。おじいちゃまは、志満さんのことを、ずっと想っていたんだと思うよ」

志満さんは軽く俯いて、ふっと口元をゆるませた。

うれしそうでもあり、さびしそうでもあるその微笑みが、胸を締めつける。わたしは、洋食店で聞いた歌のことを思い出した。志満さんも、祖父のしあわせをずっと祈っていたのだろう。

「それが聞けただけで、アタシは、十分。お店も、今までたくさんの出逢いに恵まれて、十分。今月末で、おしまいにしましょう。夕食店シマは、アタシの店。希乃香には、希乃香のための場所がたぶんあるのだから」

＊

並木台駅周辺は、いつもと違い、ものものしい雰囲気が漂っていた。

商店街へ抜けるまで何台ものパトカーとすれ違い、あちこちに警官の姿を見かけた。

なにか事件でもあったのだろうかと、店に着くなりたずねてみたけど、貴璃さんも知らないようだった。

「末日にアレンジメントふたつ、お届けしますね。お色のご希望あります？　その羽織みたいな、濃いピンクもかわいくなりますよ」

貴璃さんは、花唐草の織り出された牡丹色《ぼたんいろ》の羽織を、ほめてくれた。

夕食店の閉店が決まり、月末の最終日はお世話になったお客さんをお招きして、閉店パーティを催すことにした。通常営業はその前日で終え、パーティ当日はわたしが腕を振るい、一日限りの店主を務める。湿っぽいのは嫌だという志満さんの希望で、ぱっと華やかに、幕を引くことにした。

伝票を受け取ったとき、貴璃さんとわたしのスマホが、同時にけたたましく鳴った。

「区役所からですね」

「イノシシ？」

思わぬ報せにわたしたちは顔を見合わせて、もう一度その文面に目を通した。

区役所からの緊急メールには、イノシシの目撃情報と、外出の際には注意するように、もし見かけても近寄らないように、と注意喚起が記されていた。

あの警官たちは、このための警備に当たっていたらしい。

「注意って言われても、どうしたらいいのか」

「前に八百禅さんと父が話してたけど、大きな音とか、びっくりすると、逃げていくみたいですね。でも、素人が変に刺激しない方がいいですよ、突進しなくても、五、六十キロくらいの石も動かすくらい、力が強いって聞きましたし」

再び、貴璃さんのスマホが鳴った。

「希乃香さん、ごちおじさんも近くにいるみたいですよ」

貴璃さんは、央樹さんからの「オクラ座の怪人現る！」というメッセージ画面をわたしに向けた。彩羽さんの番組情報アカウントに並木台の商業施設で行列、と情報が寄せられたという。央樹さんは山形に出張中だそうで、行けないのをかなり悔しがっていた。

「意外ですね、商業施設って新しくできたばかりなのに。央樹このところ、出現予想マップをつくっていたんですよ。ごちおじさんが現れた場所を調べると、少なくとも並木台界隈では、比較的前からある、地域になじんだお店ばかりなんです。でも、もうほとんどに現れてるんですよね。その条件に当てはまって、まだごちおじさんが訪れていない場所は、うしろむき夕食店くらいなんですよ」

迷って辿り着けないのかも、と貴璃さんが笑う。

「閉店はすごく残念ですけど、パーティ、楽しみにしてますね」

イノシシに気をつけて、と送り出されて外に出ると、防災無線が注意を呼びかけていた。

報道によれば、イノシシは、自然保護園から、逃げ出したらしい。広場につながる鉄格子フェンスの一部が壊れ、外に出たそうだ。二頭のうち一頭は無事捕獲され、もう一頭が街に出たという。

区役所の車が、無線と同じ文言を繰り返しながら、目の前を通りすぎていく。

イノシシは二頭とも雌で、牙は短いものの、あごの力が強いため油断は禁物らしい。たしかに、鉄格子フェンス越しにジャンボ焼き鳥をめぐって争ったイノシシの力は、かなりのものだった。平常時であの力なら、全身で突進などしてきたら、ひとたまりもない。できることなら、出合わずにやりすごしたい相手だ。

立ち並ぶ警官たちの手には、刺股や大きめの虫取り網のようなものが握られていた。実際に出くわしたときに、どれほど役に立つのだろうと考えつつ、横をすり抜ける。

志満さんには開店頃に戻ると言ってある。

ごちおじさんを一目見てから帰ろうかと、好奇心がむくむく頭をもたげ、わたしは商業施設に足を向けた。

いつもは前庭に並ぶ屋外用のテーブルや椅子も、今日ばかりはイノシシのせいか、すっかり片づけられていた。正面入り口から出てきた制服姿の高校生たちが、うわずった声で話している。

「やっぱり出たんですね、ごちおじさん」

隣からの声に驚くと、いつの間にか、彩羽さんが立っていた。投稿を見て、職場から飛んできたそうだ。あたりを見回し、イノシシのチェックも抜かりない。

「カクさんが逃走中だそうですよ。もう一頭のシンさんは性格がおとなしいせいか、入場ゲートから中に戻ろうとしたところを、保護されたそうです。カクさんは好奇心旺盛だから、街の中に飛び出しちゃったんですって」

彩羽さんは鞄からマイクと小型の録音機材を出して準備すると、イヤホンを片耳にはめ、行きましょう、とわたしを誘った。

高校生たちは、彩羽さんが声をかけると、いつも聴いてますと色めきたった。

ごちおじさんは、フードコート内の稲荷寿司店に現れたという。彼らが試しに行列に並んでみたところ、本当にごちそうされたそうだ。高校生たちは、しあわせになれると浮かれて、明日のテストのヤマが当たるように、小遣いがあがるようにと、賑やかに話しながら去っていった。

稲荷寿司店をたずねると、店のひとはごちおじさんの噂は知らず、ただの太っ腹なおじさんだと思ったそうだ。稲荷寿司店は昔このあたりに店舗があり、再開発で商業施設にテナントとして入ったという。

彩羽さんが腕を組んで、わたしを見る。

「盲点でしたよ。老舗だけど営業形態を変えたお店は、ノーチェックでした。並木台界隈で次に出現するとしたら、うしろむき夕食店じゃないかと思ってました」

カフェを通ると、カウンターに透磨さんの姿があった。

立ち寄ってみると、透磨さんも出勤時に行列を見かけたという。フードコートから正面入り口まで列が延びていたらしい。

振り向いた先、通路側の棚の一角に、透磨さんのお店にあったようなすてきなアンティーク雑貨がいくつかと、リボンのかかった白い箱がたくさん置かれていた。

「店長が、棚を使わせてくれて。期間限定でここで販売させてもらっているんです」

他にもスタッフの発案で、和スイーツとコーヒーの組み合わせを紹介するフェアなども行っているそうで、わたしたちもお団子をすすめられた。

「希乃香さん！」

背後からの声に振り向くと、宗生さんが片手をあげていた。

宗生さんは、お団子を三本も注文し、わたしたちと一緒にカウンター席に落ち着くと、鞄から央樹さんが愛読しているという雑誌を取り出した。

超常現象などを扱う誌面の片隅に、ごちおじさんの記事があった。現代の都市伝説か生ける伝説か、と煽る記事には、番組をあげての捜索状況を語るシュトラジのひとのコメントまで掲載されていた。彩羽さんの上司らしい。目は隠れているけど、癖毛と服装から間違いないと、彩羽さんが額に手をやる。

宗生さんも、央樹さんからの知らせで、ごちおじさんを捜しに来たらしい。

「次に出るなら、うしろむき夕食店だと思っていたんですけどね」

宗生さんはそう言って、お団子を二本、あっという間に平らげた。

三人とも、口々に閉店を残念がってくれる。

「ごめんなさい、ご贔屓いただいたのに。彩羽さんには、証人もお願いしたのに」

「お店のことは残念ですけど、私、全部見てましたよ。希乃香さんが、がんばってきたこと」

鼻の奥がツンとした。

「希乃香さん、変わりましたよね。働き口のためにおじいさまを捜してたはずなのに、いつの間にか私たちや志満さんのためにって。その思い、別な形ででも、つながったらいいですよね。

前に私の願いがととのうようにって信じてくれたでしょう？　あれ、うれしかったです。だから今度は、私が信じる番。希乃香さんなら、大丈夫」

熱くなる目頭を押さえたとき、宗生さんが急に声をひそめた。

「すぐに振り向かないでくださいよ。今、あの箱の置いてある棚のうしろから立ちあがったのって、もしかしたら」

こっそり顔を動かしてみると、逆さになったかぶの描かれた茶色いジャンパーと、ハンチング帽の後ろ姿が見えた。

「ジャンボ焼き鳥屋台と同じひとですね」

透磨さんが囁いた。

宗生さんは最後のお団子を手に持ち、わたしたちは、おじさんをそっと尾行しはじめた。


ごちおじさんは、正面入り口を出ると、いちょう並木の方へ歩き出した。

空が藍色に染まり、オレンジ色の街灯がともる。

おじさんは、ゆるやかなのぼり坂を少しも速度を落とさず、ずんずん進む。いや、むしろ速度は、あがったようだ。

宗生さんは食べ終えたお団子の串を鞄にしまうと、軽く舌打ちした。

「気づかれたっぽいですね」

心臓が暴れるように跳ねるのに、おじさんの足取りは少しも乱れない。わたしたちよりは明らかに年上なのに。央樹さんの言うように、年を取らないひとなのだろうか。今やおじさんもわたしたちも、競歩のようにせわしく足を動かしている。

堪えかねた彩羽さんが、背中に声をかけた。

「あの！　シュトラジの高梨と申します！　少しお話を伺えないでしょうか！」

おじさんの背がびくりと跳ねて、いよいよ小走りになった。

宗生さんは、大きく息を吸い込むと、ぐんと抜きん出た。

おじさんと宗生さんの背中が重なって見えた瞬間、二人はその場に倒れ込んだ。急に立ち止まったおじさんに、宗生さんがぶつかったらしい。

「だい……！」

じょうぶですか、の言葉を、口に手を当てて呑み込み、立ち止まる。

ごちおじさんと、宗生さんの視線の先に、大きく黒い影が動いていた。

店へ曲がる角のあたり、産直自動販売機の前で、大きな影は頭を動かしていた。風に乗り、かすかに、山のような、土のような香りがする。

街灯の照らすシルエットは、イノシシに見える。

カクさんだ。

彩羽さんは、即座に警察に通報し、カクさんの詳しい位置をてきぱきと告げた。

カクさんは、足元のものを食べ終えると、自販機から突き出たものを引きずり出して食べはじめる。形からすると、タケノコらしい。時折頭を左右に振るのは、皮を剝いでいるようで、なかなか美食家なんだなと、こんなときなのに感心してしまう。

わたしたちからカクさんまでの距離はおよそ三十メートルほど。宗生さんとごちおじさんからは十五メートルくらいだろうか。至近距離に入るだろう。このまま突進でもされたら、大変なことになる。

はやく警察が来てくれないかと祈る中、ごちおじさんが立ちあがった。

「下手に動かない方がいいですよ！」

宗生さんが押し殺した声で、おじさんの茶色いジャンパーの裾を引っ張る。

カクさんの動きが、ぴたりと止まる。おじさんも、中腰のまま動きを止めた。

宗生さんはカクさんのようすを確認しながら、鞄の中に手を入れ、しきりに動かしている。

サイレンのような音が遠くから響いてきて、わたしは少しほっとした。激しく打ち付ける鼓動のせいなのか、サイレンの音は普段より間延びして聞こえる。

ごちおじさんは、肩越しにわたしたちを見、頭全体を押さえるようにして帽子をかぶり直すと、足を踏み出した。宗生さんがそれを止めようと、慌てて声をかける。

音に反応でもしたのだろうか。

弾かれたようにカクさんがタケノコから顔をあげて、こちらに鼻先を向ける。おじさんが片足を踏み出した格好で足を止めた。

心臓が強く打ち付け、手のひらにじっとりと汗がにじんでいく。

カクさんとおじさんは、お互いの出方を確かめているようで、睨み合ったまま動かない。

宗生さんは必死におじさんを落ち着かせようと、あとずさりするよう説得を試みている。だけどおじさんは、ちらちらとわたしたちを見て、それを渋っているようだ。ようやく数歩、二人がこちらへ下がったところ。

カクさんが前脚で、地面を搔くようなしぐさをした。

まずい、とたぶん誰もが思った。突進の前にはこんなしぐさをするのではなかったろうか。

宗生さんはごちおじさんを背に庇い、逃げて、と鋭く言って、手にした雑誌を筒状に丸めた。細く尖らせたものをそこに入れると、口元にすっと構えた。

手製の吹き矢らしい。見間違いでなければ、それはお団子の串と紙でつくられていた。

イノシシは繊細な動物だという。うまくいけば驚いて立ち去るかもしれない。ただ、腰が引けているところを見ると、宗生さんにもあまり自信はないようだ。

放たれた矢は、カクさんの鼻先に命中した。が、あっけなく足元に落ちた。

カクさんは、いかにも不機嫌そうに、ぶふ、と鼻を鳴らし、身震いする。

ごちおじさんは一歩ずつあとずさりしながら、宗生さんとわたしたちの中間まで来た。

サイレンの音は徐々に大きくなるものの、低音のリズムが一緒に刻まれているようだ。少なくとも警察のサイレンとは違う。むしろ音楽に聞こえる。

音。はたと、貴璃さんの話を思い出した。

「彩羽さん、マイク！　なにか音を！　大きな音が苦手だって聞きました！」

彩羽さんはすばやくマイクを構え、大きな声で歌いはじめた。あせっているのかマイクは電源が入っていないけれど、十分に声量がある。

カクさんが再び身震いをした。

はじめて聞く歌だけど、歌詞は「君といつまでも」によく似ていた。

ごちおじさんはぷっと吹き出すと、こちらに体を向け、身を屈めて肩を震わせる。

そのとき、カクさんがぐっと頭を低くして、地面を蹴った。

宗生さんは道の端に逃げたが、おじさんはカクさんに気づいていない。

「危ない！」

私は羽織を脱ぎながら走り出し、ごちおじさんを突き飛ばした。

イノシシは足が速いって本当だ。瞬く間にカクさんは目前に迫っていた。

体をひねり、羽織を持つ手をぴんと大きく伸ばす。

牡丹色の羽織が広がる。唐草模様の一部が、ハート形の猪目だと気づいたとき。

間近に迫るカクさんと目が合った気がした。

次の瞬間、ぐんと大きな衝撃とともにカクさんが羽織に突っ込んだ。

耐え切れず手を離すと、カクさんは羽織ごと走り抜け、やがて羽織を振り落とすと方向を変えて、車道を横切り、T字路へ走り去った。

一瞬の出来事が、ひどく長く感じられた。緊張にせきとめられていた血が一気に流れ出したようで、頭がぼうっとする。彩羽さんがすかさず警察に連絡を入れる声がぼんやり聞こえた。

近づいてくる音楽が陽気なレゲエだと気づくと、体中から力が抜け、その場にしゃがみこんだ。軽トラックが自販機の前に停まり、禅ちゃんがタケノコの惨状に悲鳴をあげた。

T字路を、パトカーの回転灯が通りすぎていった。


ごちおじさんを助け起こした彩羽さんが、まばたきを繰り返して、おじさんの顔をのぞきこむ。おじさんの生え際からは白髪がのぞき、マスクのはずれた頰の一部には、白髪に見合う皺がしっかりと刻み込まれている。その横顔は、どう見ても。

「松嶋さん……、松嶋孝蔵さんですよね」

禅ちゃんがなんかのロケ？　と宗生さんにたずねている。志満さんがいたらどんなによろこんだろう。松嶋さんは、長いため息をつくと、カツラを引き剝がし、お久しぶりです、と彩羽さんに軽く頭を下げた。

「あなたが絡みはじめたと聞いて、いつかこういう日が来るのではと気に病んでいました。私だと知られると、いろいろと不都合があるのは、お察しくださいますね？」

眼光鋭く、松嶋さんは、彩羽さんとわたしたちをぐるりと見回した。

彩羽さんは、マイクをしまい、決して口外しないかわりに真相を聞かせてほしいと持ちかける。松嶋さんはしぶしぶ、恩人を捜している、と話し出した。

「学生時代のことです。食事のあとに、持ち合わせが足らないと気づいて、ひどく困ったことがありましてね。そのときに、同じ店にいたひとがなにも言わずに食事をごちそうしてくれたんです。今はどこにいるかわかりませんが、同じ状況を耳にしたら、私をなつかしんでくれるか、名乗り出てくれないかと思いましてね。もっとも、この世にいるかどうかもわからない相手なのですが」

どこにいるかわからないから、ロケなどに出かける全国津々浦々で、謎ごちを繰り返してきたという。目の前の松嶋さんは、映画と同じ渋い声だけど、ご本人は物腰やわらかく、やさしいひとに思われた。

「つまり、年を取らないわけではなかったのですか……」

宗生さんがたずねると、松嶋さんは日々鍛えている成果だろうと言った。

「職業柄、年若い役を演じる際のメイクも心得ておりましてね。長年の筋トレのおかげか、昔と服のサイズも変わりません。この服は、恩人が描いてくれた絵をもとに特注したものでして。ずっと大切に着ているんです」

松嶋さんは、逆さのかぶ柄のジャンパーの袖を、いとおしそうにひとなでした。

「みなさんに、とりわけ勇敢なお嬢さんに、助けられましたね。ご自分の危険も顧みず、助けてくださって、ありがとう。あのままイノシシに直撃されていたら、役者生命もままならなかった」

祖母には無鉄砲と言われると話すと、松嶋さんは違いないと笑う。うちの店で休まないかと声をかけたとき、黒塗りの車がすっと横に停まった。

「そろそろ失礼しなければ。お礼をさせてください」

懐から財布を取り出す松嶋さんの手を、そっと止める。

「あの、もしよろしければ、お願いがあるんです」

*

「まるでお花畑みたいだこと」

貴璃さんが届けてくれたお花を見るなり、志満さんは両手を胸に置いた。

わたしの注文の他に、禅ちゃんや透磨さん、彩羽さん、貴璃さんのお店に、洋食ロスマリンと石黒写真館からも、色とりどりのアレンジメントや花束が贈られた。カウンターやチェストの上だけでは置ききれず、テーブルなどあちこちに飾ると、店内が華やいだ。

「お料理、すごくおいしそう。希乃香さんがつくったんでしょ？　みんな来るまで待ってられないなあ」

「お味見歓迎ですよ、お酒もどうぞ練習しててください」

お料理はビュッフェ形式で、好きなものを、好きなだけ食べていただけるように、店の真ん中に動かしたテーブルに、大皿でたっぷりと盛りつけた。

枝豆とクリームチーズのポテトサラダ、タコの唐揚げに、ふきのとうのコロッケ、クレソンとかぶのサラダ、いわしの南蛮漬け、トマトのブルスケッタに、志満さんのぬか漬け。

もうすぐ、きのことほうれんそうのラザニアが焼きあがる他、順次お料理を出せるように仕込みは万端。お酒も、カウンターに並んだものから、好きに召しあがっていただくよう準備した。

貴璃さんはさっそく小皿にふきのとうのコロッケを取り分けて、スパークリングワインと合わせて楽しんでくれている。

禅ちゃんが届けてくれたふきのとうでつくった小ぶりなコロッケは、ほろ苦く、春の息吹を体に吹き込んでくれる気がした。ここに来た頃には敬遠していたあのほろ苦さも、今はゆたかな味だと感じる。

鈴の音がして、透磨さんと深玲さんがやってきた。カウンターに並ぶお酒に、こんないいお酒まで出しちゃうんですか、と顔をほころばせる。深玲さんにと用意したホットアップルサイダーもよろこんでくれた。透磨さんは、カフェでのアンティーク雑貨の販売が好評らしく、棚は常設にしてもらえることになったらしい。

続いて訪れた禅ちゃんは、食べられる花をたくさん持ってきてくれた。サラダと一緒にライスペーパーに巻くと、花が透けてとてもきれいな一品になった。

央樹さんとともに訪れた和可子さんは、商店街のケーキ屋さんのババをたくさん持ってきてくれた。貴璃さんのおかげで知ったケーキらしい。和可子さんは透磨さんとも顔見知りらしく、和やかにあいさつを交わしていた。

宗生さんは紙細工で金と銀のガーランドをつくってきてくれ、彩羽さんは自然保護園の取材帰りだそうで、カクさんとシンさんのタケノコもぐもぐタイムが人気だと教えてくれた。

母も少し遅れて到着すると連絡が入った。

厨房で料理していると料理テーブルあたりの立ち話が聞こえてきた。

うしろむき夕食店と呼ばれるのに、気持ちがうしろを向くときでも、ここで食事すると前を向ける気がする、という誰かの言葉が、胸にしみた。力が及ばず申し訳ない気持ちにもなる。せめてこれまでの感謝の思いを精一杯に込めて、腕を振るいたい。

貴璃さんが鼻をひくつかせて、厨房に顔をのぞかせた。

「いいにおい。希乃香さん、なにができあがるの？」

「ハンバーグです。志満さんにおみくじを引いてもらいました」

三方を差し出すと、はじめてだ、と志満さんはびっくりした。

「そういえばこれまで、アタシが引いたことはなかったねえ」

「志満さん、どうして料理おみくじをはじめたの？」

志満さんは、目尻に皺を寄せる。

「おじいちゃまは、どれもこれもおいしそうに見えるからと、メニューを選ぶのにひどく時間がかかるひとでね。こういうのがあれば、ぱっと決められると思ったの」

注文に迷うお客さんに出してみたところ評判がよかったのだという。志満さんの細い指先が、おみくじをつまみあげた。

「あら、いい兆し。『待ちびと来たるハンバーグ』。今日はたくさんお客さまがいらっしゃるもの、ぴったりね」

よく当たる、とわたしもびっくりした。

今日のパーティにはサプライズゲストを招待した。

おじいちゃまには逢わせてあげられなかったものの、いつも封切りに映画館へ飛んでいくほど好きな俳優さんが姿を現したら、志満さんはよろこぶに違いない。

「おじいちゃまと逢わせてあげたかったなあ」

「その思いだけで十分。そういう星のめぐりあわせなんでしょう。アタシは大丈夫。大切なお守りがありますからね。あの言葉が」

あなたとならパンとたまねぎ。

それは、大好きな相手と一緒にいられるのなら、パンとたまねぎだけの貧しい暮らしもいとわない、という意味のことわざなのだそうだ。その言葉が、おじいちゃまから志満さんへのプロポーズだったのだという。

「アタシは、しあわせっていうのは自分でつくるものだと思うけれど、誰かをしあわせにしたいという思いは大切だと思いますよ。おじいちゃまとアタシは、お互いをしあわせにする道が、重ならなかったけれどもね」

志満さんは、おじいちゃまに出逢えたことも、この店でたくさんのひとたちに出逢えたことも、アタシをゆたかにしてくれました、と微笑む。

「ひとの世は、選択と決断の連続だから。めぐりあうものや選び取るものが連なって、人生っていう長い長い時間になるのだもの。それは、そのひとにしかつくれない、ただひとつの、宝物ですよ」


志満さん直伝のハンバーグは、たまねぎとパン粉をたっぷり入れる。

ハンバーグをつくるたびに志満さんが呟く、たまねぎとパンはよく合うから、という言葉を祈るように唱えて、塩やスパイスと一緒に合い挽き肉をこねた。

ハンバーグは噛むごとにやわらかくほどけて、たまねぎの食感と甘みが、ソースのゆたかな味わいから、ふと顔を出す。

できあがったハンバーグを並べ終えると、志満さんがグラスを手に、カウンターの前に進み出て、挨拶をはじめた。

「夕食店シマは今日でなくなりますが、ここでみなさまがすごしてくださった時間は、なくなりません。ここで出逢ったひととのかかわりも、消えません。みなさまお一人お一人が、このお店の心を、受け継いでくださるのだと思います。今まで、ありがとうございました」

わたしも志満さんの横に並び、一緒に頭を下げる。

「では、みなさま、グラスを」

それぞれが手にグラスを掲げたとき。

扉に結ばれた鈴が、りん、とさやかな音を立てた。


颯爽と正面から入ってきたひとの姿に、志満さんは、言葉を失っていた。

突然の映画俳優の来訪に、和可子さんが小さな悲鳴をあげ、店にどよめきが広がった。

その反応に驚いたのだろうか、松嶋さんも志満さんを見て、固まったように立ち尽くす。

「希乃香。あなた、どなたをお招きしたの……？」

「ご覧のとおり、松嶋孝蔵さんですよ！　びっくりしたでしょう？」

ひょんなことから知り合い、無理に都合をつけてもらったのだと話すと、志満さんはまだ信じられないとでもいったようすで、松嶋さんをじっと見つめた。

みんなで乾杯したあと、志満さんと松嶋さんは同じテーブルについた。目尻に柔和な皺を浮かべて、松嶋さんも志満さんを見つめる。

「お変わりありませんね、登満鶴さん」

「あれ、お知り合いだったんですか？　志満さんそんなことひとことも言わないんだもの」

松嶋さんはわたしに、あなたがお孫さんとはすごいめぐりあわせです、とうれしそうに言った。

「この方が私の恩人です。洋食屋でハンバーグを食べたあと、困っていたのを、隣の席にいた登満鶴さんが、いつの間にかごちそうしてくださったんです」

「志満さん、洋食屋さんでご縁ができやすいんですね。わたしの祖父も」

口にして、はっとした。

祖父も、洋食屋さんで隣に座り、ハンバーグを食べていたのではなかったか。

志満さんに向き直ると、わたしの言いたいことを察したのかゆっくり頷き、言った。

「この方のご本名は、小島孝一さんというの。希乃香。あなたはおじいちゃまをお招きしたのよ」

目を丸くした松嶋さん、もとい孝一さんは、言葉を失い、志満さんとわたしを何度も見比べた。

「では、あなたが私の前から消えたのは……」

志満さんは、こんなことがあるなんて、と呟くと、ゆっくり息を吐きだした。

「孝さん。あなたが映画のオーディションに受かった日、アタシも病院で身ごもったと知ったの。最初はちゃんと話すつもりだったんですよ。だけど、ほんの端役を受けに出かけたはずなのに、あなたは主役を射止めた。芸の道の厳しさは嫌というほど知っているつもりです。このひとは立派な俳優になるとわかった。そのために必要な道を、アタシや生活のためでなく、あなた自身のために選んでほしかったし、足枷になりたくなかったんですよ」

孝一さんは、志満さんとの交際を実家に大反対され、仕送りを止められたのだという。それでも一緒になろうと、志満さんに結婚を申し込み、生活のためにオーディションを受けたのだそうだ。

お互いをしあわせにする道が重ならなかったとは、こういうことだったらしい。

「……でも、こうして、また会えた」

孝一さんが付け加えると、あちこちから、洟をすする音が聞こえてきた。見れば、和可子さんと央樹さん、それに透磨さんが、目と鼻を真っ赤にしていた。

「孝さん、あなたの娘も間もなく到着しますよ。孫娘のつくったハンバーグでも召しあがってください。パンとたまねぎたっぷりの」

孝一さんが、目尻をやわらかく下げた。

「その言葉が、私をここに導いてくれたんですよ。高梨さんの番組でパンとたまねぎの話を聞いて。この界隈にもしかしたら、あなたがいるのではと」

昔、志満さんが描いたたまねぎの絵を服にした、と孝一さんが話す。あの逆さにしたかぶのようなものは、たまねぎだったらしい。

「おじいちゃまも、みなさんも、お料理、どんどん召しあがってくださいね。まだまだたくさんありますから」

スモークハムのジャーマンポテトに、緑色のスパゲッティ、鶏の山椒焼き、茄子の煮浸し、タケノコの木の芽和え。教わった料理の数々を、テーブルに並べる。孝一さんは、緑スパ、と目を見開いて、志満さんと笑みを交わした。

彩羽さんが、よく迷わずに辿り着きましたね、と孝一さんに話しかけた。

「いや迷いましたよ。でも、弾むように歩く犬かなにかを見かけましてね。いい兆しかもしれないと思って、追いかけてみたんです」

どういうわけか、店を訪れた誰もが、そんななにかに出逢っていた。あれはなんだったのだろうと話すみんなに、志満さんは穏やかな笑みを浮かべて、孝一さんのグラスにビールを注いだ。

　巻き戻しも、やり直しもきかない、不自由に重ねる時間の中で、ひとつだけたしかなものがあるとしたら、自分で選び取り、進む、一日一日でしかない。

　未来を見ることは難しくても、うしろを振り向けば、辿ってきた日々は、そこに残っている。自分にしか醸せないゆたかな時間として。

　そうしたゆたかな時間をすごし合うもの同士が、ひとときを重ね合う。

　だからこそ、誰かとの乾杯の時間は、こんなにも心が満たされるのだろう。


「乾杯をやり直さなくてはね」

　志満さんはわたしに微笑むと、立ちあがり、グラスを手にするよう促した。

「さきほどの挨拶のとおり、夕食店シマは、閉店いたします。でも近いうちに、ここにまたあかりがともるでしょう。新しい店主が切り盛りする、新しいお店として。ねえ？　希乃香」

「志満さん……！」

「もちろん、選ぶのはあなただし、行動するのもあなた。あなたには、自分の世界を変えることができる力があるの。あせったり迷ったりしたら、一度うしろを振り返ってごらんなさい。

誰かの道をなぞるのじゃなく、あなたは、あなたの道を歩いていると、ちゃんとわかるはずだから」

どうぞ今後ともご贔屓に、と頭を下げる志満さんを、拍手が包み込んだ。

その笑顔のひとつひとつを、わたしは改めて見つめる。

笑顔が、よろこびでつながるこの風景を、ずっと見ていたいと思った。

声とともに、みんなが晴れやかに、グラスを掲げた。

「乾杯！」

おまけの小皿

並木台のいちょう並木をえんえんのぼり、すてきな野菜の自動販売機が立つ角を左。とっても新鮮で産地直送の、ぴちぴちのいい顔をした野菜たちのお買いあげは、行きでも帰りでもＯＫ。ただし、数が限られているのでお早めに。

俺にたずねてくれたら、そんなふうに紹介するんだけどね。今のところまだ、機会に恵まれないんだよ。今なんて、朝採りのきゅうりはみずみずしいし、味がぎゅっと詰まった濃厚なトマトも、最高においしいのに。

長年通った夕食店シマが閉じたのが、この春一番の悲報だったけど、葉桜の頃にはもう、新しい店がそこにオープンした。

店の名は、うしろむき夕食店。

変わらないって？　いやいや、前は愛称だったんだ、今度は正式名称になったの。店を切り盛りするのは、希乃香ちゃん。

なにせ、あの不運の見本市みたいな希乃香ちゃんだよ。ここだけの話、夏まで持たないんじゃないかって言ってた連中もいた。ま、俺も心配してた一人なんだけど。

店が代替わりするって、大変なことだよ。まったく同じものを出したって、味が落ちたなんて言われたり、お客さんが離れたりもするしさ。俺も親父から店を継いだときにはそりゃいろいろあったから、希乃香ちゃん、大丈夫かなって気にしてたんだ。

でもね、杞憂だったよ。

最近じゃ、開店早々に、席があらかた埋まっちゃう。予約なんてのもはじめたよ。俺たち顔なじみも、予約して席を取っておいてもらってる。あれだけ辺鄙なところだ、迷って辿り着いたのに追い返されちゃかわいそうだってことらしい。ただ、ふつうに検索しても、その情報には辿り着けないらしいよ。希乃香ちゃん自身もなぜかわからないらしいけど、気にしてない。そういうところは志満さん譲りなのか、めぐりあわせだ、って言ってた。

りん、と音を立てて、扉が開いた。いつも思うけど、いい音だよね、この鈴。扉を開けた瞬間にあふれ出るおいしい香りも最高。お帰りなさい、って希乃香ちゃんの声にほっとするのは、俺だけじゃないんじゃないかな。いい店はあちこちあるけど、つい足が向く店、ってあるもんだよね。

ほら、見てくれよ。いつもの顔ぶれがあちこちにあるじゃないか。

窓際のテーブルには、貴璃ちゃんと央樹くんと宗生くん。央樹くんたちの結婚式の二次会もこの店だったよ。相変わらず貴璃ちゃんはワインボトルを抱え込んでるね。同居中のお義母さんに気兼ねして、家でたらふく飲むのは控えてるから、たまにこうして来るんだそうだ。だけど、央樹くんの出張中なんかには、そのお義母さんとここでラムを飲んでるのを見るよ。央樹くん、社内プロジェクトをいくつか立ちあげて、あちこち飛び回っているらしい。宗生くんは仕事の傍ら、折り紙の講師としても引っ張りだこだそうで、みんな忙しそうだよ。

その奥、壁際の席にいるのは、透磨くんと深玲ちゃんじゃないか。女性にこういうこと言うと叱られそうだけど、深玲ちゃん、少しふっくらしたよね、おや、お腹がかなり大きくなってるよ。ついこの間、赤ちゃんの話を聞いたばかりなのに。植物もそうだけど、時間っていうのは、目に見えなくても、確実に積み重なっているよね。

カウンターで希乃香ちゃんと談笑してるのは、彩羽ちゃんだ。

彩羽ちゃん、すごいんだよ。秋から冠番組を受け持つらしい。こう言っちゃなんだけど、あの彩羽ちゃんに音楽情報番組を受け持たせる、シュトラジの懐の広さにはちょっと驚いた。本人はやる気満々。一人カラオケで歌の練習もしているらしい。ああ見えて彩羽ちゃん、かなりの努力家だから、毎回採点してるらしいよ。どうやったら三十点台から抜けますかね、って相談されたけど、ごめん、俺もわからない。

そして、店の全体が見渡せる奥のテーブルには、いつものように、志満さん。テーブルに予約席って札が出てるだろう？　あれがある日は、あのひとが来るんだ。お忍びでね。この店のなじみなら事情を知ってるが、大っぴらにはできないから、口外無用だよ？

ここではみんな、小島さんって呼んでる。たまに一見さんが松嶋孝蔵がいるってびっくりするけど、そんなときは志満さんが小芝居するんだ。それを見てると、本当に本人なのに別人に思えちゃうから、志満さんにも俳優の才能があるのかもしれないよ。

閉店パーティの日に再会した二人は、これまでの時間をゆっくり埋めるみたいに、よくここで語らいながら穏やかに食事してる。


志満さんの料理もおいしかったけど、希乃香ちゃんの腕前もなかなかだよ。

ここに引っ越してきた去年の春には、志満さんの話じゃ、ごはんも満足に炊けなかったっていうから、びっくりするよね。希乃香ちゃんは土鍋だからだ、って反論してたけど。

昔は夕食店シマの看板があったんだ。ＳＨＩＭＡって飾り文字で書かれたのがね。それがどういうわけか、希乃香ちゃんが来てからたびたびＳの字が横に転ぶようになった。ぱっと見∞に見えて、無限大にヒマと読める。志満さん、縁起が悪いってとうとう看板を撤去して、通り名の方が知られるようになったんだ。

ひとりでやってた頃は和食寄りの料理が多かったけど、希乃香ちゃんが来てからはちょっとしゃれた感じのメニューが増えた。そう、今メニューに並んでるような感じのね。俺はどっちも好きだけど。

希乃香ちゃんも研究熱心だから、今は毎日だしを変えてるらしい。今日はにぼしだそうだ。このえも言われぬうまそうな香りのことだよね。おっと失礼、腹の虫が鳴いちまった。

「禅ちゃん、お飲み物どうします？」

「お通しなに？　それに合わせたいなあ」

「今日はみょうがときゅうりのサラダ。割いた鶏ささみと一緒に、梅とごまで和えてます」

合わせるなら軽めのを、と希乃香ちゃんは、ワインリストからいくつか見繕ってくれた。相変わらずこの店のメニューは、和紙に手書きされてる。文字は変わったけど、ぬくもりある雰囲気はそのままだ。テーブルや家具も、いちじく煮みたいなきれいなべっこう色に磨かれてる。

「そうそう、禅ちゃん、あとで透磨さんの相談に乗ってあげてくださいね。またいくつか物件候補が見つかったそうです」

「おお、いいよ」

透磨くんは、いよいよ物件探しに精を出しはじめた。働いてるカフェの一角で売り出したアンティーク雑貨が好評で、次のステップに踏み込むつもりらしい。聞けば深玲ちゃんは臨月なんだそうだ。新しいことが重なるね。不安もあるだろうけど、がんばってほしいよね。

お、小島さんのお出ましだ。

顔なじみたちに視線で挨拶する、あのしぐさが渋いねえ。俺もああいう年の重ね方をしたいもんだよ。ごらんよ、志満さんと交わすまなざしの、あのなんとも言えない感じ。胸にこう、ぐっとくるよね。

「ところでさ、ごちおじさんてどうなったんだろうな。最近出没しないと思わない？」

央樹くんの声だ。彩羽ちゃんと宗生くんがそっと目配せしてる。ちらっと見たら、小島さんの背中が固まってるようだよ。

「やっぱり、時間旅行者だったんじゃないか。もとの時間軸に戻ったのかもしれない。急に、現れなくなったろ？」

央樹くんの力説に、宗生くんがどうですかねえと苦笑いしてるよ。まさか目の前にいるとも言えないし、央樹くんのロマンを壊すような野暮もできないからね。宗生くん、希乃香ちゃんにおみくじを頼んだよ。小島さんもいつものように、おみくじを引いてる。

希乃香ちゃんが店主になって、名物の料理おみくじがちょっと変わったんだ。

ほら、三方に紙と筆ペンも一緒にのってるでしょ。料理おみくじを注文したひとは、次の料理おみくじの言葉を書く、って決まりができた。そこにあとから希乃香ちゃんが料理名をランダムに加える。

おみくじに書く言葉のルールはひとつ。自分がほしい言葉を書くこと。

これがなかなか面白いんだ。おみくじ、引くのも楽しいけど、誰かのためにそれを届けようと思うと、違った面白さがある。それに、自分が大切にしているものを、おすそわけするような気持ちにもなる。その言葉が誰かにとっての兆しになる、って希乃香ちゃんは言うんだ。俺がなにを書いたかって？　それは、いつか引いたときのお楽しみだよ。

ちなみにこの間俺が引き当てたのは、小島さんの言葉だった。

「人生いつも佳境チキン南蛮」

役者人生、そういう心がけで生きてきたんだろうな。この間の映画で、また最優秀助演男優賞を取ったのも、その積み重ねだったんだろうと思うよ。

もちろん、チキン南蛮も最高だった。志満さんがやっていたときから、うしろむき夕食店のタルタルソースには、たまねぎと刻んだぬか漬けが混ぜてあって、俺はあれがすごく好きなんだよ。ザクザクした厚めの衣に、弾力のある鶏肉。噛むと肉汁がほとばしる。そこに、あのうまみの塊みたいなタルタルソースだ。箸もグラスも止まらなくなるよ。

透磨くんと物件情報を見ていると、深玲ちゃんがお腹を抱え出した。

「深玲、大丈夫？」

「あの……なんかさっきから頻繁にお腹が張って」

「もしかして深玲さん、陣痛じゃない？」

彩羽ちゃんの言葉に、店の中が騒然とした。そりゃ、一大事じゃないか！

すぐさま貴璃ちゃんが深玲ちゃんの背をさする。志満さんのすすめで、彩羽さんがストップウォッチで痛みの間隔をはかる。透磨くん、あたふた病院に連絡しているよ。病院名を聞きつけた宗生くん央樹くんが、知り合いのスタッフによろしく頼むと一報してる。

深玲ちゃん、痛みの波だろうか、顔を歪めてる。その手を、志満さんが握った。

「大丈夫。きっとうまくいきますよ」

透磨くんたちは一度家に寄り、入院準備の荷物を取って病院へ行くらしい。小島さんが透磨くんに、車を手配したから乗っていくようにとすすめてる。

希乃香ちゃんが透磨くんになにか渡したね。おにぎりだそうだ。でもあれ、多すぎないか？五人前くらいあるように見えるよ。希乃香ちゃんも動転してるのかもしれない。

ぱん、と俺は手を叩いた。

「みんな、祝って送り出そうじゃない！」

新しい命の誕生と、新米パパママに。

顔見知りも、はじめてのひとも、店中の客たちが、グラスを手にした。

みんなが掲げるグラスが、光を受けて輝いた。

「乾杯！」

本書は「キリンビール公式note」にて2020年9月～2021年1月まで掲載されていたものを加筆修正いたしました。「おまけの小皿」は書き下ろしです。

冬森灯（ふゆもり・とも）

第1回おいしい文学賞にて最終候補。
『縁結びカツサンド』にてデビュー。

うしろむき夕食店

2021年2月15日　第1刷発行

著　者　冬森灯

発行者　千葉 均

編　集　森潤也　鈴木実穂

発行所　株式会社ポプラ社
〒102-8519 東京都千代田区麹町4-2-6
一般書事業局ホームページ www.webasta.jp

組版・校閲　株式会社鷗来堂

印刷・製本　中央精版印刷株式会社

N. D. C. 913 308p 19cm ISBN978-4-591-16945-2

P8008329

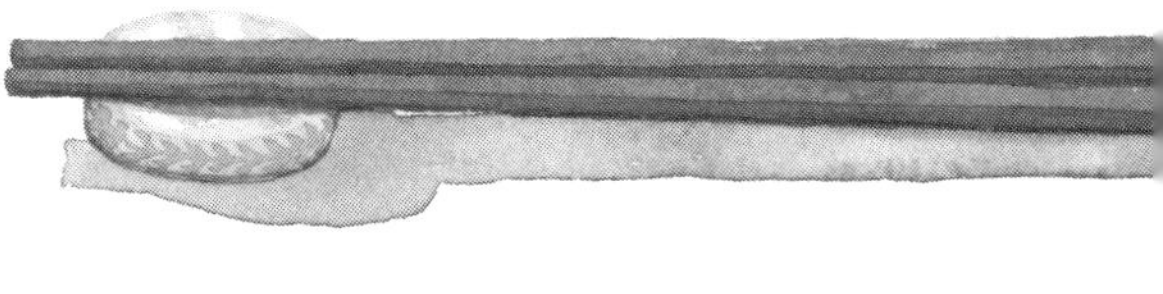

縁結びカツサンド

冬森灯

駒込うらら商店街に佇む、昔ながらのパン屋さん「ベーカリー・コテン」。一家で経営してきたコテンの未来を背負うのは、悩める三代目・和久。日々迷いながらパン生地をこねる和久のもとには、愉快なお客たちがやってくる——。しぼんだ心を幸せでふっくらさせる、とびきりあったかな〝縁〟の物語。

単行本

わたしの美しい庭

凪良ゆう

小学生の百音と統理はふたり暮らしだが、血はつながっていない。その生活を〝変わっている〟という人もいるけれど、日々楽しく過ごしている。マンションの屋上には小さな神社があって、悪いご縁を断ち切ってくれるといい、〝いろんなもの〟が心に絡んでしまった人がやってくるのだが——。

単行本